講談社文庫

うそつき王国とジェルソミーノ

Gelsomino nel paese dei bugiardi

ジャンニ・ロダーリ｜山田香苗 訳

講談社

この物語を娘パオラにも
子どもたちみんなにも

うそつき王国とジェルソミーノ◉目次

うそつき王国とジェルソミーノ

Gelsomino nel
paese dei
bugiardi

第一章　ジェルソミーノは点呼に答え、シュートを決めます　さあ、それからが大変

これはジェルソミーノのお話で、本人が直接、私に語ってくれました。その話を全部聞きおえたころには、私の耳はほとんど聞こえなくなっていました。脱脂綿を五百グラムも耳の穴に突っこんでおいたのですけどね。ジェルソミーノの声ときたら、それくらいかん高く響くので、たとえ彼が〝ひそひそ声で〟話しているつもりでも、彼の頭上はるかかなた、海抜一万メートル上空を飛んでいるジェット機の乗客にさえ聞こえるほどです。

彼は今、世界中どこへ行っても知らない人はいないくらい有名なテノール歌手で、大そうりっぱな、ちょっとばかり飾りたてた芸名があるのですが、ここで紹介するにはおよびません。みなさんはその名を何度となく新聞で目にしているでしょうから。

ジェルソミーノは彼が若いころの呼び名で、この物語の中でもそう呼ばれています。

それではははじめましょう。むかしあるところに、どこにでもいそうな赤ん坊がおりました。ふつうの子より、いくぶん小さいくらいだったかもしれませんが、初めてうぶ声をあげたときから、さっそくすさまじい声の持ち主ぶりを発揮しました。

ジェルソミーノが生まれたとき、作業の始まりをつげる工場のサイレンとカン違いして、真夜中だというのに市内の住民が起きてしまったのです。本当は生まれたばかりの赤ちゃんがみなやるように、ジェルソミーノも自分の声を確かめたくて泣いてみただけでした。新聞記者や夜間警備員はべつとして、ちゃんとした人なら夜から朝まで眠っているものですが、ありがたいことにジェルソミーノも、じきにそうなりました。耳をつんざくような彼の第一声はきっかり朝の七時に鳴り響きます。仕事へ出かける人たちが目ざめるのにちょうどいい時間です。工場のサイレンはすっかり無用の長物になってしまい、その証拠にずっとさびついたままでした。

六歳になったジェルソミーノは学校へ通います。先生は一人ひとり生徒の名前を呼んでいき、アルファベットの〝g〟のところで言いました。

「ジェルソミーノ」

「はい！」新一年生は大はりきりで答えました。

何かが破裂する音がして、細かな破片が滝のように降ってきました。黒板が粉々に砕け散ったのです。

「黒板に石を投げたのは誰だね？」先生はお仕置《しお》き棒に手をのばして問いただしました。

誰ひとり返事をしません。

「もう一度、初めから名前を呼んでみよう」先生は言いました。

そうして、アルファベットの〝a〟からやり直し、名前を呼んだあと、先生は一人ひとりに同じ質問をしました。

「石を投げたのは君かね？」

「僕じゃありません」「私じゃありません」子どもたちは、すくみあがって答えました。

順番が〝g〟までやってくるとジェルソミーノも起立し、すなおに答えました。

「僕じゃありません、先……」

ところが〝先生〟まで言いおわらないうちに、教室の窓ガラスは黒板と同じ運命になりました。今度は先生もしっかり目を開けていたので、四十人いる生徒の誰ひとりとしてパチンコを弾《はじ》かなかったのは確かです。

「誰かが外から、ねらったんだろう」先生は決めつけました。「学校をサボって鳥の巣にちょっかい出すような、いたずら小僧のしわざだ。捕まえたら耳を引っぱって警察へ突き出してやろう」

その日の朝は、それですみました。翌朝も先生は同じように点呼をし、またジェルソミーノの名前までやってきました。

「はい！」われらがヒーローは学校へ上がったのが誇らしく、ぐるりと教室を見回して答えました。

ガッシャーン！　窓が彼の返事に答えました。つい三十分前に用務員さんが新しくはめかえたばかりの窓ガラスが割れて、中庭に落下したのです。

「ふしぎだ」先生は言いました。「君の名前にくると決まってひどいことになる。教え子よ、わかったぞ。君の声はとんでもない高音で、まるでサイクロンのように大気を震わせるんだ。学校や市中をがれきの山にしないように、これからずっと、君にはひそひそ声でしゃべってもらわないといかん。いいかね？」

ジェルソミーノは恥ずかしいのと、気が動転《どうてん》しているのとで真っ赤になり、なんとか反論しようとしました。

「でも先生、僕のせいじゃないんです！」

バキバキッ！　新品の黒板がそれに答えました。用務員さんが朝、用具室から出してきたばかりのです。

「これが何よりの証拠だ」先生は言いました。そしてかわいそうなジェルソミーノの頰《ほお》に、大粒の涙がぽたりぽたりと落ちているのに気づくと、教壇を降りてそばへ行き、お父さんのようにジェルソミーノの頭に手をのせました。

「かわいい子よ、よくお聞き。君のような声は、とんでもない災難をまねくか、輝かしい未来をもたらすかのどちらかだ。今のところは、なるだけ声を出さないほうがいいだろう。沈黙は金なり、というからな」


その日からというもの、ジェルソミーノは地獄の苦しみを味わいました。学校にいるときは、これ以上事故を起こさないように、口の中にいつもハンカチを押しこんでいましたが、そんな詰めものをしたところで彼の声はとってもよく響くので、クラスの子たちは握りこぶしで耳をふさぐしかありませんでした。先生はできるだけ彼に問題を当てないようにしました。そうはいってもジェルソミーノはよくできる生徒だったので、きっと正解を全部わかっているはず、と先生も思っていたのです。家では最初の事件以来、おしゃべり禁止になりました。食事中にその話をして、コップを一ダースも粉々にしたからです。

うっぷんを晴らすには、どこか野外の、市のずっとはずれまで行かねばなりませんでした。森の中や湖のほとりや原っぱです。あたりに人影がなく、人家《じんか》のガラス窓が安全圏内にあるのをちゃんと確かめると、彼は地べたに腹ばいになって歌いはじめます。何分かすると地面がもぞもぞ動きだします。モグラだのイモ虫だのアリだの、地中の生き物たちが地震が来たとカン違いして、何キロも大移動しているのです。

一度だけ、ジェルソミーノがいつもの用心深さを忘れたことがありました。日曜日、競技場ではサッカーの大事な試合の最中でした。ジェルソミーノは大のサッカーファンではないのですが、試合を見ているうちにだんだんと熱い血がわき上がってきました。そのうち、サポーターの興奮した声援に勢いづいた地元のチームが攻勢に転じます。といっても、私はサッカーにうといので、〝攻勢に転じる〟がどんな意味なのかよく知りません。ジェルソミーノが話してくれたときに使っていた言い回しの一つです。みなさんがスポーツ紙を読むなら、もちろん知っているでしょう。

「がんばれ！　がんばれ！」そんなわけで熱狂的ファンは大声援を送っています。

「がんばれ！」ありったけの声を張りあげて、ジェルソミーノも叫びます。

ちょうどそのとき、右ウイングがセンターフォワードにボールをパスするところでした。ところがボールは、目に見えない力に弾《はじ》かれたように空中で向きを変えたかと思うと、ゴールキーパーの脚の間をすり抜けて敵のゴールに突っこんでいったのです。

「決まった！」みんなが叫びます。

「すごいシュートだ！」誰かが言っています。「あの、するどい切りこみを見たかい？　一ミリの狂いもない。あいつは黄金の足を持ってるぞ」

しかしジェルソミーノはわれに返り、とんでもないヘマをやらかしたことに気づきました。「間違いない」と彼は思いました。「あのシュートは僕が決めたんだ。この声で。だまっておこう。でないとスポーツから公正さが失われる。いやいや、そうじゃない。味方チームのゴールにもシュートを決めなきゃ。あいこになるようにね」

後半戦、そのとおりにチャンスがやってきました。対戦相手が攻撃に回ると、ジェルソミーノは大声をあげて、味方チームのゴールへボールを押しこんだのです。もちろん、心の中では泣いていたでしょう。何年も前のことだというのに、私にこの話をすると、最後に必ずジェルソミーノは言ったものです。

「あのシュートを決めるぐらいなら、指を一本切るほうがましだったけど、ああしなきゃならなかったんだ」

「ほかの人だったら、ひいきのチームを勝たせただろうね」

ほかの人はそうでも、ジェルソミーノは違います。彼はフェアで、澄んだ水のように心のきれいな人なのです。それは若者になっても変わりませんでした。本当のことをいうと彼の背はそんなに高くなく、むしろどちらかといえば小さいほうで、太っちょどころか、やせっぽちの、ジェルソミーノ《ジャスミン》という名にふさわしい青年でした。もし、もうちょっとりっぱな名前をつけられていたら、その重みでねこ背になってしまうような、そんな小柄な男です。学校はもうずいぶん前に卒業し、農業をして暮らしていました。そしてずっと畑で働き続け、彼について取りたてて語れることは何一つなかったでしょう。もしも、彼の身にこれからお聞かせする試練が降りかからなかったら、の話ですが。

第二章　声で梨《なし》が熟すのを、ご近所さんには秘密にすべし

　ある日の朝、ジェルソミーノが畑へ出ると、梨が熟していました。梨がどんなものかというと、黙々と成長し、大きくなって、ある朝見に行くと熟しているのです。そうなったら、もう収穫しなければなりません。

〈しまった〉とジェルソミーノは思いました。〈ハシゴを持ってこなかったぞ。家へ帰って取ってこよう。ついでに一番高いところの枝をはたく棒も〉

　ところがそのとき彼にある考え、というより、いたずら心がわいたのです。

〈声を使うって手もあるんじゃ？〉と考えました。

そして冗談半分、本気半分で木の下にすっくと立ち、声を張りあげました。

「落ちろ！」

　ポトン、パタン、パタタンタン、声に合わせて梨があたり一面に何百個と降ってき

ました。

ジェルソミーノはべつの木のところへ行って、同じようにやってみました。彼が〝落ちろ〟と叫ぶたび、まるで合図を待っていたように、梨は枝からはずれて地面に落ちてきます。これがジェルソミーノには愉快《ゆかい》でなりません。

〈なんて、らくちんなんだろう〉彼は思いました。〈ハシゴやはたき棒の代わりに声を使えばよかったんだ。もっと早く思いつかなかったのがくやしいな〉

彼が梨畑を歩き回っている間、となりの農地を耕していた男がその様子を見ていました。目をこすり、鼻をつねって、もう一度見直し、夢を見てないのがはっきりすると、大急ぎで奥さんを呼びに行きました。

「お前もごらん」彼は言いました。「ジェルソミーノは魔法使いに違いない」

奥さんはそれを見ると、地面にがくりとひざをつき、感きわまって言いました。

「聖人様だわ」

「あれは絶対、魔法使いだ！」

「いいえ、絶対、聖人様よ！」

その日まで、夫婦はわりと仲よくやっていました。ところが、だんなさんは鍬《くわ》に、奥さんは鋤《すき》に手をかけ、お互い自分が正しいと言ってゆずらず、武器を構えたときです、だんなさんはこう提案しました。

「近所の人を呼んでこよう。みんなにも見てもらって、どう思うか聞いてみようじゃないか」

　急いでみんなを呼びに行こう、いいうわさ話の種ができた、と考えた奥さんは、持っていた鋤を下ろしました。日の暮れる前に梨畑の一件は土地の住人全員に知れわたり、人々は二派に分かれました。一方はジェルソミーノは聖人で、もう一方は魔法使いだと主張しました。北西風のミストラルが吹きはじめると高波が押し寄せるように、議論はだんだん激しくなりました。言い争いも起きてケガ人が出ましたが、幸い大した傷ではありませんでした。たとえば一人、パイプの火でやけどをしましたが、議論に熱中するあまり、火皿《ひざら》のほうを口に突っこんだためでした。警察はどう取り締まっていいのやらわからず、結局、なんの手も打ちませんでした。あっちの集団、こっちの集団へ行っては、どちらの意見のほうにも冷静になってくださいと諭《さと》すだけです。一番過激な人々はジェルソミーノの農園へ向かいました。聖なる土地だから何か記念の品をかっさらってこよう、という人もいれば、呪われた土地だから荒らし回ってやれ、という人もいます。ジェルソミーノは大勢の人が走ってくるのを見て、どこかで火事が起きたかなと思い、消火を手伝おうとバケツをつかみました。ところがみんなはジェルソミーノの家のドアの前で立ち止まり、彼のことを何だかんだと言っているのが聞こえます。

「いたぞ、いたぞ！」

「聖人様だ」

「どこが聖人だ。あいつは魔法使いだぞ。魔法をかけようとしてバケツまで持ってるじゃないか、見てみろ」

「いかん、みんな下がっていろ。あんなのをぶちまけられたら、みんなおしまいだ」

「あんなのって？」

「目に入らないのか？　地獄のタールだ。あれが体にくっついたら向こう側へ突きぬけちまう。体に開いた穴なんか、医者だってふさげないぞ」

「聖人だ、聖人だ！」

「おれたちは見たんだぞ、ジェルソミーノ。お前が果実に熟せ、と命令すると熟し、落ちろ、と命令すると落ちてくるんだ」

「みんな、頭がどうかしちゃったの？」ジェルソミーノは言いました。「そんなの、僕の声のせいじゃないか。サイクロンがやって来たときと同じで、大気が移動してるだけだよ」

「ええ、ええ、わかってるわよ」女の人が叫びました。「あんたは声で奇跡を起こすってね」

「奇跡なもんか、魔法に決まってるだろ」

ジェルソミーノは怒りもあらわにバケツを地面にたたきつけ、家に入って掛《か》け金《がね》をかけてしまいました。

〈心静かに暮らすのは、もう無理だ〉彼はよく考えてみました。〈僕がどこへ行こうと、みんなは追いかけてくるだろう。明けても暮れても僕のうわさばかりして、魔法使いだと言って子どもたちを怖《こわ》がらせるだろう。こんなところは出て行ったほうがいい。それに、ここにいてどうなる？　両親は死んでしまったし、仲のいい友達は戦争で帰らぬ人になった。旅に出て、この声でひと財産作るんだ。歌を歌ってお金をもらう人だっている。おかしなものだ。歌を歌うなんて楽しいことをして、お金をもらえるはずないのに。でも、そういうものなんだ。たぶん、僕だって歌手になれるかもしれない〉

そう心に決めると、彼はわずかばかりの身の回りの物をリュックサックに詰め、表に出ました。押しかけた大勢の人々は、ざわめきながら彼に道を空けました。ジェルソミーノの目は誰も見ていません。視線をまっすぐ前へ向け、ひと言もしゃべりませんでした。でもだいぶ遠くまで行ったところで、見おさめに自分の家をふり返りました。

みんなは、まだそこにいて、まるで幽霊か何かのように彼のほうを指さしています。

〈ここらでひとつ、あの人たちに本気でひと泡吹かせてやろう〉ジェルソミーノは思いつきました。

そして思いっきり肺に空気を吸いこんで叫んだのです。

「さらば！」ありったけの声を張りあげました。

あいさつの効果たるや、てきめんでした。突風は男たちがかぶっていた帽子を吹き飛ばし、老婦人の何人かは気の毒なことに突然、ゆで卵も負けるくらいのつるピカ頭になってしまい、ぐんぐん舞い上がるかつらを追いかける始末です。

「さらば、さらば！」ジェルソミーノはくり返します。生まれて初めての悪ふざけに心の底から笑いながら。

まるで渡り鳥が雲の間を縫《ぬ》って飛びたつように、恐るべき声の力に押し上げられて帽子もかつらも一つの群れになり、ものの数分で見えなくなりました。あとでわかったことですが、落ちていたのは何キロも離れた場所で、国境を越えたのもありました。

数日後、ジェルソミーノも国境を越え、この世で最もおかしな国へと向かっていました。

第三章　みなさんは、ジェルソミーノと一緒にゾッピーノの誕生を目撃します

ジェルソミーノがその国に足を踏み入れて最初に見つけたのは銀貨でした。歩道下の道路での地面の上でキラキラ光っていたので、すぐ目に入ったのです。

〈おかしいな、誰も拾わないなんて〉とジェルソミーノは思いました。〈僕なら絶対、見のがしたりしないのに。昨日の夜で、なけなしの貯金も底をついてしまったし、今日はまだ一切れのパンも口にしてない。でもまずは誰かお金を落とした人がいないか、このあたりで聞いてみよう〉

何人か、こちらを見てひそひそ話をしているので、彼は近づいていってお金を見せました。

「みなさんのうちのどなたか、これを落としませんでしたか？」びっくりさせないよ

う、声をひそめてたずねました。

「あっちへ行け」そんな返事が返ってきました。「ひどい目にあいたくなかったら、人前ではできるだけそのお金を出すな」

「とんだ失礼をしました」ジェルソミーノはキツネにつままれた気分で、ささやくように言いました。それでももちろんのこと、〝食料品 その他雑貨〟の看板が出ている店へ向かいました。

ところがハムやジャムのびん詰めがあると思いきや、ウインドーにはノートや箱入りのクレヨンやインクびんが山のように積んであります。

〈これが〝その他雑貨〟なんだろう〉ジェルソミーノは思いました。そして食料品店だということを少しも疑わず、中に入りました。

「こんばんは」店の主人は仰々《ぎょうぎょう》しくあいさつしました。

〈本当は、まだ正午の鐘《かね》は聞いてないけど〉ジェルソミーノは、ふと考えました。

〈ま、このさい、そんなことはいいや〉

そして、いつものささやき声で、それでもふつうの人の耳にはかなり響くのですが、店の人にたずねました。

「パンをいただけますか?」

「もちろんですとも、お客様。いかほどご入り用ですか? 一びん? それとも二びん? 赤いのにしますか? それとも黒いの?」

「黒いのはやめておきます」ジェルソミーノは答えました。「でも、本当にびん詰めにして売ってるんですか?」

店主はワッハッハと笑いだしました。

「ほかに、どうやって売れというのです? あなたの国ではスライスするんですかな? どうです、ごらんなさい、いいパンがそろってるでしょう?」

そう言って棚の一つを見せました。その上には色とりどりの何百個というインクびんが、大隊の兵士も顔負けなくらい整然と並んでいました。よく見ると、店には食べられそうなものが一つもありません。チーズの外側の硬いところやリンゴの皮すらもです。

〈この人、どうかしちゃったのかなあ?〉ジェルソミーノは思いました。〈調子を合わせたほうがよさそうだ〉

「なるほど、とってもおいしそうなパンですね」そう言って、彼は赤いインクの入ったびんを指さしました。何よりも主人がどう答えるか聞くためです。

「でしょう?」ほめ言葉をもらって満足そうに顔を輝かせ、店主は答えました。「こんなきれいな緑色のパンはどこにも売ってませんよ」

「緑色?」

「そうですとも。失礼ですがあなた、目が悪いのでは?」

自分が赤いインクの入ったびんを見ているのは間違いありません。ジェルソミーノはもう、適当な言いわけを考えてあっさりここを退散し、もう少しまともな店主を探しに行くつもりでした。ところが突然、ある考えがひらめいたのです。

「すみません」と彼は言いました。「パンは、もう少ししたら買いにきます。ところで質のいいインクを買うには、どの店がいいか教えていただけますか?」

「お安いご用です」主人はあのうんざりするほど大げさな笑顔を浮かべて言いました。「ほら、そこの向かい側に、市内で一番有名な文房具店があります」

向かいのウインドーには、とってもおいしそうなパンにケーキ、菓子パン、スパゲッティにマカロニ、チーズの山、ぶら下がったサラミやミニサラミの茂みが見えます。

〈やっぱりそうだ〉ジェルソミーノは思いました。〈さっきの店の主人はどうかして

いて、インクを〝パン〟と呼び、パンを〝インク〟と呼んでるんだ。こっちの店はちょっと安心できそうだぞ〉

彼は店に入って、パンを五百グラム注文しました。

「パンですって？」店員は心配そうに聞き返しました。「誤解なさってるようだ。パンを売ってるのは、お向かいのあちらです。このとおり、うちは文房具だけをあつかってます」そしてずらりと並んだ神の恵みたまいし食べ物に向かって、大きく自慢げに手を広げてみせました。

〈わかったぞ〉ジェルソミーノは納得しました。〈この国では、あべこべ言葉で話さないといけないんだ。パンを〝パン〟と呼んでも通じないんだな〉

「インクを五百グラムください」彼は店員に言いました。店員はパンを五百グラム量ると、きちんと紙に包んで渡してくれました。

「こっちのも少しください」ジェルソミーノは間違った名前を言って失敗しないように指でさしながら、パルミジャーノチーズの形をしたのも注文しました。

「消しゴムを少しですね？」店員は聞き返しました。「すぐにご用意します、お客様」

彼はぶあつく切ったチーズを量りにのせ、紙に包みました。

ジェルソミーノは安心してホッと息をつくと、カウンターの上にさっき見つけた銀貨を置きました。

　店員は何分かその硬貨をしげしげながめると、何度かカウンターの上に投げて音を確かめ、拡大鏡を使ってなめ回すように観察し、あげくのはてに噛《か》んでみて、ようやくそれをジェルソミーノに乱暴に突き返し、冷ややかに宣告しました。

「申しわけありませんがね、お若いの、このお金は本物ですよ」

「よかった」ジェルソミーノは何も疑わず、にっこりして言いました。

「ちっとも、よかありません。このお金は本物でも、うちじゃ受け取れないと言ってるんです。さあ、品物を返して、どこへでもお行きなさい。お若いの、私が表へ警官を呼びに行かないだけ、ありがたいと思いなさいよ。本物のお金を使ったら、どうなるかわかりますか？　刑務所行きです」

「僕はただ……」

「そんな大声を出さなくたって、聞こえてます。さあ、行って、行って。ニセモノのお金を持ってくれれば、品物は渡します。ごらんなさい、私はまだ包みも解《と》いてませんん。ちゃんと取っておいてあげますよ、いいですね？　では、よいゆうべを」

　ジェルソミーノは握りこぶしをぐっと口に押しこんで、叫びたいのをこらえました。カウンターからドアまで、ほんの数メートルの間にジェルソミーノは自分の声とこんなやりとりをしていました。

声「〝アーッ〟と、ひと声叫んで、店のウインドーを木っ端《こ ぱ》みじんにしてやろうか？」

ジェルソミーノ「冗談じゃない。この国に来たばかりなのに、もう何をやっても裏目に出てるんだから」

声「でも僕にはうさ晴らしが必要なんだ。でないと爆発しちゃうよ。君は僕のご主人なんだから、なんとか方法を考えてくれ」

ジェルソミーノ「しんぼうしろ、この変人の店から出よう。ここをがれきの山にしたくないんだ。この国は何だか様子がおかしいぞ」

声「急いでくれ、がまんの限界だ。ほら、ほら、叫んじゃうぞ……しっちゃかめっちゃかにしたくなってきた……」

ジェルソミーノは駆けだして、ひとけのない小道に入りました。路地よりほんの少し広めです。ざっとあたりを見回しました。誰もいません。やっと口から握りこぶしをはずし、〝アー〟と小さな吐息をもらして、体の奥に押さえこんでいた怒りを解き放ちました。街灯が粉々に飛び散り、窓辺に危なっかしくのっていた鉢植えは、舗装《ほそう》された道に真っ逆さまに落ちてきました。ジェルソミーノはため息をつきました。

「お金ができたら、街灯代を小切手で市役所に送金して、あそこのバルコニーにはべつの鉢植えを贈ろう。ほかに壊れた物はないよね？」

「ほかにはないよ」ゴホッ、ゴホッという咳払いの合い間に、とてもかすかな返事が聞こえました。

ジェルソミーノが声の主を探すと、ネコの姿が見えました。少なくとも遠くからだとネコに見えなくもありません。まず、全身真っ赤な色をしています。しかもケシの花のような、ペンキのような赤です。足は三本しかありません。おまけに、もっと変わっているのは、子どもが人形を塀《へい》に落書きしたみたいに輪郭《りんかく》しかないのです。

「口をきくネコ？」ジェルソミーノはびっくり仰天《ぎょうてん》です。

「僕はちょっと特別なネコなんだ、わかってるよ。たとえば、僕は読み書きだってできる。でも、しょせんは学校で使うチョークから生まれたんだけど」

「何から生まれたって？」

「ある女の子が学校からくすねたチョークで、あの塀に僕を描いたんだ。警備員がきたから足を三本描いたところで、あわてて逃げちゃった。だから歩くとピョコタン《ゾッポ》するんだ。ちょうどいいや、僕の名前はゾッピーノにしよう。それに少し咳《せ》きこむけど、塀にこもった湿気のせいなんだ。冬の間ずっと、そこですごしてたからね」

ジェルソミーノは塀を調べてみました。まるでしっくいから絵がはがれたように、ゾッピーノが抜け出た跡が残っています。

「でも、どうやって飛び下りたの？」ジェルソミーノはたずねました。

「君の声にお礼を言わなきゃ」ゾッピーノは答えました。「君がもう少し大きな声で叫んでたら、たぶん塀に穴が開いて大変なことになってたよ。でもあのくらいで、僕はラッキーだった。ああ、たとえ三本足でも外を歩き回れるって、なんて気分がいいんだろう。ところで君は二本しかないけど、それで間に合ってるの？」

「まあね」ジェルソミーノはうなずきました。「二本でも持てあましてる。もし僕の足が一本だったら、家を出ることもなかったのになあ」

「なんだかクラいねえ」ゾッピーノは言いました。「何があったの？」

ジェルソミーノが今までさんざんな目にあったことを話そうとすると、足が四本ある本物のネコが一匹、小道を横切りました。ところが何か心配事でもあるのでしょう、われらが友、ジェルソミーノとゾッピーノには見向きもしません。

「ミャオ」ゾッピーノはそのネコに声をかけました。これはネコ語で〝やあ〟という意味です。

ネコは立ち止まりました。びっくりした、というより、ムッとした様子です。

「僕はゾッピーノっていうんだけど、君の名前は？」落書きネコはたずねました。

本物のネコは返事をするかしまいか迷っているようでしたが、しかたなくボソッと答えました。

「僕の名前はフィード」

「何て言ってる？」ジェルソミーノが聞きました。もちろん彼にはさっぱりわかりません。

「名前はフィードだって」

「でも犬の名前だろ？」

「そのとおり」

「どうなってるんだろ」ジェルソミーノは言いました。「さっきは文房具屋さんがインクをパンと言って売ろうとするし、今度はネコが犬の名前を名のってる」

「ねえ、君」ゾッピーノは説明します。「彼は自分を犬だと思ってるんだ。聞いてみるかい？」

そしてネコのほうへ親しみをこめてあいさつしました。

「ミャオ、フィード」

「ワン、ワン」ネコはものすごく怒って言いました。「恥を知れ、ネコのくせにミャーミャーと」

「だって僕はネコだもん」ゾッピーノは答えます。「たとえ足は三本で、赤いチョークで描いてあってもね」

「お前はおれたち種族のとんでもない面《つら》よごしだ。大うそつきめ、あっちへ行け。お前なんかとは口もききたくないね。それにもうじき雨が降ってくる。早いとこ傘を取りに家へ帰らなきゃ」

ネコはときどきふり返ってほえながら、向こうへ行ってしまいました。

「何て言ってた?」ジェルソミーノはたずねました。

「雨が降るって」

ジェルソミーノは空を見上げました。屋根と屋根の間で、太陽はこれ以上ないくらいさんさんと輝いています。航海用の望遠鏡でのぞいても雲ひとつ見えなかったでしょう。

「この国の嵐が、いつもこんな天気ならいいな。僕は逆さまの世界に来たらしい」

「あのねえ、ジェルソミーノ、もっと簡単に言うと、君はうそつきの国に来たんだ。ここの法律では、みんながうそをつくことになってる。本当のことを言ったら、ひどい目にあうんだ。体どころか、しっぽの皮までむしられるような高い罰金を払わされる」

と、そこまで言うと、塀にへばりついていたおかげであれこれ見聞きしていたゾッピーノは、うそつき王国についてジェルソミーノに何もかも教えてくれました。

第四章　うそ偽《いつわ》りのない、うそつき王国のあらまし

「つまり、こういうことなんだ」ゾッピーノは語りはじめました……。

でも、あまりみなさんの時間を取らないよう、内容をかいつまんでお話ししましょう。

ジェルソミーノがその国へたどり着くずっと前に、海の向こうからジャコモーネ、つまり、〝でっかいジャコモ〟という名の、腕っぷしが強くて大胆不敵な海賊がやってきました。〝でっかい〟と言うだけあって名前負けしていない、いかついい大男です。だいぶ年をとってきたので、どこかへ落ち着きたいと考えていました。

〈もはや血気盛んなあのころは遠い昔〉と彼は思いました。〈海原を駆け回るのには、あきあきした。どこかの小さな島をぶん捕《ど》って、この商売から足を洗ったほうが

いい。もちろん子分のことは忘れちゃいない。あいつらを家令や従者、厩番《うまや》、農場管理人に召しかかえよう。みんな、わしのやり方に文句はないさ〉

こんなことを考えて、小さな島を探しはじめましたが、どれも小さすぎて彼の好みに合いません。それに彼の好みに合ったとしても、今度は子分たちが気に入らないのです。誰かが、マス釣りをする川があったほうがいいと言うと、川がありません。べつの誰かは映画館だと言い、またべつの誰かは、海賊をしてためたお金をふやしたいから銀行だ、と言います。「だったら、ちっぽけな島なんかより、もっといいところを手に入れようじゃないか」

結局、大都市に銀行や劇場がひしめき合い、日曜にマス釣りや舟遊びをする川がたくさんある国を、丸ごと占領することになったのです。と、ここまでは、なにもめずらしいことではありません。海賊の一団が世界のどこかで、こっちの国やあっちの国を略奪《りゃくだつ》するなんて、わりとよくあることです。国を手に入れるとジャコモーネは一計を案じ、自分の名前を国王ジャコモーネ一世に改名して、子分を海軍大将、侍従《じじゅう》、廷臣、消防隊の隊長に任命しました。

当然、ジャコモーネは国民に自分を陛下と呼ばせる法律を作り、従わないと舌切りの刑にしました。それでも念を入れ、彼の素性について誰も本当のことを言う気にならないように、大臣たちに辞書を作りかえるよう命じました。

「言葉をそっくり変えないといかん」と彼は説明しました。「たとえば、〝海賊〟という言葉は〝紳士〟に変えよう。そうなりゃ誰かがわしを海賊と呼びたければ、新しい言葉では何と言う？　紳士と言わなきゃならんのだ」

「われらの荒かせぎを見てきたすべてのクジラよ！」興奮した大臣たちは、海賊言葉で勝どきをあげました。「このアイデアは最高傑作だ、額縁に入れて飾るべきだ」

「わかったか？」ジャコモーネは続けました。あらゆるモノ、動物、人の名前を変えるんだ。まず手始めに、朝は〝おはよう〟ではなく、〝こんばんは〟とあいさつすること。だからわしの忠実なる臣下の一日はうそで始まる。当然、寝る前は〝おはよう〟とあいさつするのだ」

「すばらしい」大臣たちは大喝采《だいかっさい》です。「では誰かに〝大そう顔色がいいですね〟と言いたければ、〝大そう、ふてぶてしい顔でいらっしゃる！〟と言うわけだ」

辞書が作りかえられ、うそを義務づける法律が発布《はっぷ》されると、ひどい混乱が起きました。

初めのうち人々はよく間違えました。たとえばパン屋ではとっくにノートや鉛筆を売っていて、パンは文房具店で買うようになっていたのに、うっかり、パン屋にパンを買いに行ったりしました。あるいは公園へ行って、うっとり花をながめながらこう言いました。

「きれいなバラだなあ！」

すると茂みの陰《かげ》から、ジャコモーネ国王の警察隊がすぐに手錠を持って飛び出してきます。

「言いましたね、言いましたね。あなたは法に違反したんですよ、おわかりですか？いったいどうしてニンジンを〝バラ〟なんて呼ぶんです？」

「許してください」不運な人は、しどろもどろで答えます。そして大あわてで公園のべつの花をほめはじめます。

「なんと、みごとなイラクサだろう！」とパンジーを指さして言うのです。

「取りつくろっても、むだです。あなたはもう罪を犯してしまった。しばらく刑務所に入って、うそをつく訓練を積むんですな」

学校では信じられない事態になりました。ジャコモーネは九九《くく》の表に並んでいる数字を全部変えさせてしまったのです。たし算をするにはひき算を、わり算をするにはかけ算をしなければなりません。先生ですら、もう答案を直せなくなってしまいました。落ちこぼれの生徒にとって、これ以上の幸運はありません。たくさん間違うほど、確実によい成績がもらえるのですから。

では、作文はどうでしょう?

逆さま言葉を使って作文すると、どんなすごいことになるか、みなさん想像がつくでしょう。ここに紹介するのは、〝あるすばらしい一日について書きなさい〟という課題で生徒が書いたもので、その子はごほうびにニセモノの金メダルをもらいました。

〝昨日は雨でした。ああ、大粒の雨が降るなかを歩くのは、なんて楽しいんだろう。ようやく傘やレインコートを家に置いて、みんな上着なしで歩いていました。僕は晴れの日が好きじゃありません。ぬれるから家の中ですごさなければならないし、日ざしがさびしげにドア瓦《がわら》をつたうのを一晩じゅう、ながめているしかないからです〟

この作文をじゅうぶんに味わうために、うそつき国の言葉でいうドア瓦は、窓ガラスのことなので注意してください。

さあ、このくらいでいいでしょう。どういうことか、もうおわかりですね。うそつき王国では動物さえも、うそのつき方を身につけねばなりませんでした。犬はミャーと鳴き、ネコはワンとほえ、馬はモーモー、ライオンは動物園の檻《おり》の中でチューチューと鳴くはめになりました。ライオンのうなり声はネズミにわり振られたからです。

　水の中に住む魚と空を飛ぶ鳥だけは、ジャコモーネ国王が決めた法律などどこ吹く風でした。魚はいつだって口をききませんから、無理やりうそをつかせることは誰にもできません。鳥は野犬捕獲員には取り締まれないから同じことです。鳥たちはあいかわらず、それぞれが好きなようにさえずり続け、人々はときどき、それを見て憂うつになりました。

「鳥がうらやましいよ」と彼らはため息をつきました。「誰にも罰金を取られないからね」

　ジェルソミーノはゾッピーノの話を聞いているうちに、だんだんと悲しくなってきました。

〈こんな国でどうやって暮らせばいいんだ?〉と彼は思いました。〈僕は大声だし、うっかり口がすべって本当のことを言ったとたん、ジャコモーネの警察隊全員が聞きつけるだろう。おまけに僕の声は言うことを聞かないし、だまらせておくのに、どれだけ骨が折れることか〉

「さあて」ゾッピーノは最後に言いました。「これで全部話した。ほかに知りたいことはある？　僕、おなかがペコペコなんだけど」

「僕もだよ。忘れるところだった」

「腹ペコだけは忘れられっこないよ。たとえ時間が経《た》ってもね。いや、時間が経てば経つほど、こたえるものなんだ。きっと何かにありつけるさ。その前に、長いこと僕を閉じこめていたこの塀に、お別れの言葉を残したいんだ」

そして塀に残ったネコ型の真ん中に、赤チョークの足を使ってこう書きました。

ミャオ。自由バンザイ

食べ物はそう簡単に手に入りませんでした。ジェルソミーノはあちこち市内をうろうろしながら、ずっと目を皿のようにして買い物に使えるニセモノのお金が落ちていないか、地面を見ていました。一方、ゾッピーノのほうは、誰か知り合いでも探すように雑踏を見回していました。

「いたぞ」とうとう、小さな包みをかかえ、せわしげに歩道を行く老婦人を指さして言いました。

「誰？」

「パンノッキアおばさんだよ、ネコの守護者《しゅごしゃ》なんだ。ジャコモーネの王宮に庭園があって、その近くでたむろしてるのらネコに毎晩、残飯を持ってきてくれるんだ」

パンノッキアおばさんは年はとっていますが、背筋はピンと伸び、やせていて身長は二メートル近くもあり、険《けわ》しい顔をしていました。見たところ、いかにもネコをホウキで追っ払いそうな人です。ところがゾッピーノの言うことが本当なら、まったくその逆でした。

ジェルソミーノと彼の連れは、おばさんのあとを追って空き地へ出ました。突きあたりに庭園を囲む塀があって、そのてっぺんには、ガラスびんのかけらがギザギザ突き出しています。ずいぶんとみすぼらしく、毛の抜け落ちた十匹ほどのネコが、てんでんバラバラにほえながら、おばさんの方へ集まってきました。

「情けないやつらだ」ゾッピーノは言いました。「目にもの見せてやる」

パンノッキアおばさんが包みを開けて、中身を歩道のわきに置いたとたん、ゾッピーノはえさ取り合戦の中に飛びこみ、するどく鳴き声をあげました。**ミャオ！**

ワンでなくミャオと鳴くネコなんて、この国のネコにとって、これほどめずらしいものはありません。あんまりびっくりしたせいで、口をあんぐり開けたネコの彫像みたいにそのまま固まってしまいました。ゾッピーノはタラの頭二つと舌ビラメの骨にかぶりつき、ぴょんと庭園の塀に飛びのると、向こう側の茂みの中に下りました。

ジェルソミーノはあたりを見回しました。自分も塀を乗り越えようと思ったのですが、パンノッキアおばさんが怪訝《けげん》そうに、じっとこちらを見ています。〈通報されたくないな〉と彼は思いました。それで、どこかへ行く途中の通りすがりのふりをして、よそへ行ってしまいました。

ネコたちは最初のショックからわれに返ると、パンノッキアおばさんのスカートにしがみついてワンワンやっています。本当はネコよりもおばさんのほうが、あっけに取られていたのでした。やがておばさんはため息をつき、残飯を全部ネコにやってしまうと、最後にもう一度、ゾッピーノが飛び越えていった塀の方を見て、家へ帰りました。

角を曲がってすぐのところで、ジェルソミーノは探していたニセモノの硬貨をようやく見つけ、パンとチーズを買うことができました。つまり、この国で言う、〝インクのサンドイッチと消しゴム〟です。あっという間に夜はふけ、彼は疲れて眠たくなりました。入口のドアが開いている建物があったので地下室にしのびこみ、山積みの石炭の上で寝てしまいました。

第五章　ゾッピーノは偶然、ジャコモーネ国王のかつらが百個もあるのを発見します

ジェルソミーノが眠っている間、――よりによって、その最中にまた冒険に遭遇《そうぐう》しようとは思ってもみなかったでしょうが、どんな冒険だったか、それはあとでお話しします――ゾッピーノの赤い三本足のゆくえを追ってみましょう。タラの頭と舌ビラメの骨は彼の口に合ったようです。何かを食べたのは、それが初めてでした。塀にいる間は、おなかが空くことなんて一度もありませんでしたから。おまけに王宮の庭園で夜中にネコがうろつくのも、それが初めてでした。〈ジェルソミーノもいたらなあ〉と彼は思いました。〈窓の下でジャコモーネ国王にセレナーデを歌って、ガラスを粉々にしてやれたのに〉

宮殿を見上げると、最上階の窓一列にちょうど明かりが灯《とも》っているのが見えました。〈ジャコモーネ国王がお休みになるんだな〉ゾッピーノは考えました。〈こんなおも

しろいものを見のがす手はないぞ〉

ゾッピーノはネコらしく軽々と階から階へとよじ登り、大広間をのぞきこむと、そこは国王陛下の寝室につながる控えの間でした。

両側には従者、召使い、廷臣、侍従、海軍大将、大臣、ほかにもおえら方がずらりと並び、部屋へ向かうジャコモーネにおじぎをしていました。国王は泣く子もだまるほど、いかつい大男で悪党面《づら》をしています。でも彼には美しいものが二つありました。それは燃えるようなオレンジ色をした、豊かに波うつ長い髪と、胸に自分の名前を刺しゅうした濃い紫色のパジャマです。

通りすぎる彼に向かってみな、おじぎをし、うやうやしくささやきました。「おはようございます、陛下。王様、よき一日でありますように」

ジャコモーネがときどき立ち止まってあくびをすると、すかさず廷臣の一人が慇懃《いんぎん》な手つきで彼の口もとを隠します。ジャコモーネはぶつぶつ言いながら、また歩きだします。「今朝《けさ》はちっとも寝る気になれん。まるでスイカのようにみずみずしい気分だ」

もちろん、まったくその反対なのですが、あんまり家来にうそを言わせたので、自分まで大うそつきになってしまい、誰よりもそれを本当だと思いこんでしまうのです。

「陛下はまことに、ふてぶてしいお顔でございます」おじぎをしながら大臣の一人が言いました。

ジャコモーネはじろりと彼をにらみましたが、すんでのところで顔色がとてもいい、という意味だと気がつきました。彼はにこやかに笑い、あくびをし、ずらりと並んだ家臣に向かって片手を上げてあいさつすると、紫色のパジャマのすそをつまんで寝室へ引き取りました。

ゾッピーノはべつの窓へ移り、そのあとどうなるか見とどけようとしました。

ジャコモーネ陛下は一人になるや急いで鏡の前へ行き、オレンジ色のみごとな髪を、金の櫛《くし》でゆっくり時間をかけてとかしました。

〈本当に自慢の髪なんだな〉ゾッピーノは思いました。〈見れば、それももっともだ。ほれぼれするくらい、きれいだもの。あんな髪をしてるのに、いったいどうして海賊なんかになったんだろう。絵描きか音楽家になればよかったのに〉

そのとき、ジャコモーネは櫛を置き、両わきのこめかみの房《ふさ》をそっとつかんでイチ、ニ、サンと両手を一気に動かしました。すると陶器のようにすべすべのハゲ頭が現れました。誰かにつるりとむかれてしまったようです。

「かつらだったのか!」ゾッピーノはあっけに取られて、つぶやきました。

オレンジ色の美しい髪は、ただのかつらだったのです。その下にある国王陛下の頭は、赤らんで、できものだらけで、ジャコモーネはそれにさわっては、がっかりしてため息をついていました。そしてクローゼットを開け放ち、ますます目を丸くしているゾッピーノの前で、色とりどりのかつらのコレクションを開帳《かいちょう》したのです。金髪、青い髪、黒髪。髪型も百とおりにセットされていました。ジャコモーネは公《おおやけ》に姿を見せるときは、いつもオレンジ色のかつらですが、寝室では毎晩、違うかつらをかぶるのが好きでした。ハゲのさびしさをまぎらわすためです。髪がなくなったからといって、ちっとも恥じることはないのですけどね。ある年齢になれば、まともに暮らしている人ならたいていい頭が薄くなります。でもこれはジャコモーネの性分《しょうぶん》です。髪のなびいていない自分の頭なんて耐えられないのです。

ゾッピーノが見守るなか、国王陛下は十個ほどかつらを取っかえ引っかえし、鏡の前を行ったり来たりしながら、その美しさにうっとりしています。正面から、サイドから、手鏡を使って、うなじまで念入りにチェックします。まるで舞台に上がる前のプリマドンナのようです。ようやくパジャマの色とおそろいの紫のかつらが気に入り、つるつるの頭にしっかりかぶるとベッドに入って明かりを消しました。

　ゾッピーノはもう三十分ほど、ものめずらしそうに宮殿の窓辺をうろついていました。行儀《ぎょうぎ》のいい人のやることではありません。ドアで立ち聞きするのもいけないのに、窓からのぞき見するなんて、とんでもありません。でも、みなさんには絶対できっこありませんね。だってネコでもなければ、軽業師《かるわざし》でもないんですから。ゾッピーノは侍従の一人がとりわけ気に入りました。彼は寝る前に宮廷着を脱ぎ捨て、そこらじゅうにレースやら飾りやら短剣やらを放り投げたのです。そして何に着がえたと思いますか？　むかし着ていた海賊服です。ひざまでまくり上げた、よれよれのズボン、大きなチェック柄のゆったりしたブラウス、そして右目をおおう黒い眼帯です。衣装をまとった往年の海賊は、なんとベッドの上ではなく、布団の真上にそびえる天《てん》蓋《がい》のてっぺんへ、よじ登ったのです。メインマストの物見台を懐かしんでいるに違いありません。そして安物のパイプに火をつけ、うまそうにプカプカやっています。ゾッピーノはなんとか咳きこまずに煙くさいのを、がまんしました。

〈なるほどねえ〉と、われらが観察者は思いました。〈真実は強し、だな。老いた海の荒くれ者でも、本当に体になじんだ服には愛着があるんだ〉

　ゾッピーノは庭園の中で眠るのは見張り番に見つかるかもしれないし、不用心だと思いました。

それで宮殿を囲む塀を飛び越えて、市の中央広場へ下りました。ジャコモーネ国王の演説を聴くとき、市民が集まる広場です。ゾッピーノがあたりを見回して、どこかに一晩すごせそうな安全な場所はないか探していたときです、右の前足がなんだかムズムズしました。

〈変だな〉と思いました。〈まさか国王陛下からノミをうつされたんじゃ？　それともあの年寄りの海賊のほうかな？〉

でもノミに噛まれたムズムズではありません。つまり前足の表面ではなく、内側から感じるのです。ゾッピーノは念入りに調べてみましたが、ノミの姿は影も形もありませんでした。

〈わかったぞ〉ゾッピーノはやっと気がつきました。〈塀に何か書きたくなったんだ。ジェルソミーノが僕を地上へ下ろしてくれたときも、こんなふうにムズムズしてたぞ。うそつきどもの王様に何かメッセージを残してやろう〉

彼は王宮の正面へ近づき、見張りに見つからないか確かめました。でも当然のことに、ここではふつうと逆ですから、見張りはいびきをかいて眠っていました。彼らが起きていないか確かめるために、ときどき監督の兵士が見回りにきました。

〈ちょうどいいや〉ゾッピーノは安心しました。そして赤チョークの前足で、――もちろん右のです――王宮の正面玄関わきの壁にこう書きました。

ジャコモーネ国王はかつらをかぶってる

〈なかなかいいじゃないか〉メッセージをながめて言いました。〈玄関のあっち側にもあったほうがいいな〉

十五分の間に百回近く同じ文句を書き、とうとう、反省文を書きおえた生徒のようにクタクタになりました。

「さてと、おねんねしよう」

広場のちょうど真ん中に、ジャコモーネ国王の偉業をきざんだ大理石の円柱がそびえています。もちろん全部うそっぱちです。貧しい人に自分の富を分け与えるジャコモーネ、敵をけちらすジャコモーネ、家臣が雨にぬれないよう傘を発明するジャコモーネ。柱のてっぺんには、三本足のネコがどんな危険にもあわずに、横になってうたた寝できるぐらいの広さがありました。ゾッピーノは彫刻を足がかりにそこへよじ登って柱の頭の真ん中にうずくまり、落ちないように避雷針にしっぽを巻きつけて、目を閉じるより早くコトリと眠ってしまいました。

第六章　演説はぶち壊しになり、ゾッピーノは捕まります

夜明けに、ザーザーという滝のような音で彼は目がさめました。〈寝てる間に洪水が来たのかな？〉ゾッピーノは不安になりました。柱から身を乗りだすと、広場に人があふれて騒いでいるのが見えます。このすごい人だかりは、王宮の正面に自分が書いたメッセージを読むためだと気づくのに、そんなに時間はかかりませんでした。

ジャコモーネ国王はかつらをかぶってる

うそつき国ではどんなささいな真実でも、原子爆弾以上の爆弾発言になります。大騒ぎと笑い声に引き寄せられて、四方八方から人々がやってきます。あとから来た人

たちは初めのうち、お祭りでもあるのかな、と思っていました。

「何があったんです？　どこかと戦争して勝ったんですか？」

「もっと、すごいことです」

「陛下にお世継《よつ》ぎが生まれましたか？」

「もっと、すごいことです」

「ならきっと、税金が廃止になったんでしょう」

ようやくゾッピーノのメッセージを見て、彼らもどっと笑います。その大声と笑い声で、濃い紫のパジャマを着て眠っていたジャコモーネ国王が目をさましました。王様は窓に駆け寄り、もみ手をして、うれしそうに言いました。

「じつに喜ばしい！　わしがどれほど国民に愛されているか見るがいい。おやすみのあいさつをするために、こんなに大勢集まってるぞ。早くしろ。早く、廷臣よ、侍従よ、海軍大将よ、急ぐのだ、マントと王笏《おうしゃく》を持ってこい。バルコニーに出て一発演説をぶつぞ」

本当のところ、廷臣たちはかなり疑わしく思っていました。

「まず誰か人をやって、何があったのか調べさせましょう」

「陛下、万が一、反乱だとしたら？」

「たわけたことを。あんなに陽気なのが目に入らぬか？」

「それはそうですが、何をあれほど喜んでいるのでしょう？」

「決まっとるだろう。もうじきわしが演説をするからだ。書記官はどこだ？」

「ここでございます、王様」

ジャコモーネ国王の書記官は、すぐに読み上げられる演説集の入った重たいカバンを、いつもわきにかかえています。あらゆる種類の演説があって、ためになるもの、感動するもの、愉快なもの、どれも初めからおしまいまで、うそ八百を並べてあります。書記官はカバンを開けて原稿を一冊取り出し、表題を読みました。「リゾットの栽培法についての話」

「いや、ダメだ、食べ物の話はいかん。おなかが空いて、わしの話に身が入らん者が出てくる」

「揺り木馬の発明についての話」書記官はべつの表題を読みます。

「いいかもしれん。揺り木馬がわしの発明ということは誰もが知っているからな。わしが王になる前は、揺り木馬はいっこうに揺れたためしがなかった」

「陛下、髪の色についての話もありますよ」

「最高だ、まさに打ってつけだぞ」ジャコモーネはかつらをなでながら叫びました。

原稿をつかむとバルコニーへ走ります。国王陛下が姿を見せると、大喝采にも大爆笑にもとれる反応が起きました。あやしんだ廷臣は一人や二人ではなく、彼らは爆笑だと判断し、ますます疑いを深めました。一方、当のジャコモーネはすさまじい歓声を喝采と受け取って、臣民に笑顔で感謝を表し、演説原稿を読みはじめました。彼が話したとおり、そっくりそのままここで読めるなんて期待しないでください。何ひとつわかりっこありません。彼の話はすべて事実と逆なのですから。ジェルソミーノの記憶を頼りに、内容をかいつまんで翻訳《ほんやく》しましょう。

というわけで、ジャコモーネ国王はだいたい、こんな話をしました。

「毛のない頭とは何であろう？　花の咲いていない庭だ」

「よくぞ言った！」群衆は叫びました。「そのとおり！　そのとおり！」

〝そのとおり〟という言葉に、あまり疑い深くない廷臣たちも疑問をいだきはじめました。ところがジャコモーネは何ごともない様子で話を続けます。

「わしがこの国に君臨《くんりん》する前、人々は絶望のあまり髪をかきむしっていた。市民は次々とハゲ頭になり、床屋は失業に追いこまれた」

「いいぞ！」市民の一人が声を上げました。「床屋バンザイ！　かつらバンザイ！」

ジャコモーネは一瞬、言葉を失いました。かつらと聞いて、彼は心の底でドキッとしました。それでも疑念を振りはらって、また話しだしたのです。

「市民たちよ、ではなぜオレンジ色の髪は緑色の髪より美しいのか、諸君に話してやろう」

そのときです、廷臣が息を切らせてジャコモーネの袖《そで》を引き、耳もとで何かささやきました。

「陛下、大変なことが起きました」

「何だ、申してみよ」

「その前に、私が本当のことを申し上げても舌を切らないと約束してください」

「約束しよう」

「何者かが、あなたはかつらをかぶっている、と王宮の壁に書きまして、それで人々は笑っているのです」

ショックのあまり、ジャコモーネの手から演説の原稿がすべり落ち、群衆の上をひらひらと舞って、それを少年たちがさらっていきました。かりに王宮が炎上していると言われても、彼はこれほど逆上しなかったでしょう。警察隊に広場の群衆を一掃させるよう命じました。そして外の様子を知らせにきた廷臣の舌を切らせてしまいました。かわいそうにその廷臣はあせるあまり、舌を助けてくれとお願いしたからです。舌が助かるには、鼻を助けてくれとお願いすべきでした。そうすれば最悪でも、鼻は削《そ》がれたかもしれませんが、舌は無事だったでしょう。それでもまだジャコモーネの怒りはおさまりません。ただちに王国じゅうにおふれが出され、国王陛下に不敬《ふけい》を働いた犯人を通報した者には、ニセ銀貨十万ターレルが与えられることになりました。王宮前の広場では、こともあろうに円柱の根元にギロチン台が組まれ、考えなしに落書きした者の首をはねようと待ちかまえていました。

「とんだことになったぞ」ゾッピーノは声を上げ、柱の頭の上にちぢこまって首をすりました。「〝臆病《おくびょう》〟をうそつき語でどう言うのか知らないけど、〝勇敢《ゆうかん》〟だとしたら、僕はメチャクチャ勇敢だ」

彼は念のため、一日じゅう避難所にうずくまっていました。日が暮れて、まずい相手に出くわす心配がなくなると、柱からすべり下り、あたりを何度もくり返し見回して歩きだしました。地面に着地したとたん、後ろ足はすぐに駆け回りたくなるはずですが、またもや右の前足を、あのいやなムズムズが襲ってきました。

「まただ」ゾッピーノはぼやきました。「このムズムズを取るには、どこかにジャコモーネ国王の気にさわることを書くしかない。塀に生まれたからには一生、そこらじゆうに落書きせずにはいられないってことか。とはいっても、このへんには壁がないな。おっと、あそこに書いてやれ」

すると、よりによってギロチンの刃に小さな赤チョークの足で、ジャコモーネ国王に新しいメッセージを書きました。こんなやつです。

ジャコモーネ国王は正真正銘《しょうしんしょうめい》のハゲ頭

ムズムズはおさまりましたが、前足が何センチか短くなっているのをゾッピーノは心配そうにながめました。

「生まれつき足が一本欠けてるのに」彼はつぶやきました。「落書きなんかしてたら、もう一本の足もなくなっちゃうよ。どうやって歩けばいいんだ?」

「とりあえずは」と後ろで声がしました。「私が何とかしてあげよう」

それがもし声だけだったら、ゾッピーノは一目散に逃げることもできたでしょう。でもその声には、たくましい両腕とがっちりした手が付いていて、彼は身動きできずに捕まってしまいました。その腕と手と声の主はかなり年配の婦人で、身長は二メートル近くあり、やせて険しい顔……。

「パンノッキアおばさん！」

「そうとも、私だよ」おばあさんは、ささやきました。「さあ、一緒に来るんだ。あたしのネコから晩ごはんを横取りし、壁にチョークで落書きしたらどんな目にあうか、お前に教えてやろう」

ゾッピーノは抵抗せず、パンノッキアおばさんのケープにおとなしく、くるまれました。王宮の正面玄関の前に警官の姿がちらほら見えたから、なおさらです。〈先にパンノッキアおばさんが来てくれて、むしろよかった〉と思いました。〈ジャコモーネの手に落ちるより、おばさんに捕まるほうがましだ〉

第七章　ゾッピーノは迷わずネコにネコの鳴き方を教えます

パンノッキアおばさんはゾッピーノを家に連れて帰ると、ひじかけ椅子に縫い付けてしまいました。本当に針と糸を使って、まるでテーブルクロスに刺しゅうをするときの下絵のように縫い付けたのです。おしまいに玉結びを二重にして糸を切り、縫い目がほどけないようにしました。

「パンノッキアおばさん」ゾッピーノは明るくふるまって言いました。「せめて青い糸でかがってくれたら、僕の体の色にマッチしたのになあ。このオレンジ色の糸はゾッとする。ジャコモーネのかつらを思い出しちゃうよ」

「お前とかつらの話をしようっていうんじゃないの」パンノッキアおばさんは言いました。「要はね、あんたがじっとして、昨日の晩みたいに逃げられないようにしたいんだ。お前はめずらしいネコだ。すごいことをやってくれると期待してるんだよ」

「僕はただのネコだけど」ゾッピーノは謙遜《けんそん》して言いました。

「お前はミャーと鳴くネコだ。今じゃめったに見かけない、いいや、一匹も見なくなったね。ネコが犬みたいに、ほえるようになっちまった。もちろん、うまくほえられっこないさ。そんなふうに生まれついてないからね。あたしはね、ネコは好きだけど犬はダメ。ネコは七匹飼ってるよ。キッチンの流しの下で寝起きしてる。あの子たちが口を開くたびに、追い出したくなっちゃう。何百回もミャーって鳴くように教えてるのに、言うことを聞かないんだからね。あたしを信用してないんだ」

ゾッピーノはおばあさんがいい人に思えてきました。だって、警官から彼をそっと救ってくれたし、ほえるネコにうんざりしてるんですから。

「それはそれとして」パンノッキアおばさんは話しつづけます。「ネコたちのことは明日、考えよう。今夜はほかに、することがあるんだ」

おばさんは小さな本棚のところへ行って、本を一冊引っ張り出し、ゾッピーノに題名を見せました。『掃除に関する論文』と書いてあります。

「それじゃ」とゾッピーノと向かい合うようにひじかけ椅子に腰かけながら、パンノッキアおばさんは言いました。「この本を第一章からおしまいの章まで、お前に読んであげようかね」

「それ、何ページあるの？　おばさん」

「大してないよ。ほんの八百二十四ページ。目次を入れてだけど、それはかんべんしてやろう。〝第一章、なぜ塀に自分の名前を書いてはいけないのか。名前は尊いもの、やたらにそこらへ書きなぐるものではありません。すてきな絵を描いたら、そこへあなたのサインをしてもいいでしょう。すてきな像を彫ったら、台座にはあなたの名前がふさわしい。すてきな車を作ったら、それにあなたの名前をつけるのは自由です。なんにもすてきなものを作れなくて、名前を入れるべき場所のない人だけが、塀に名前を書くのです……〟」

「僕もそう思うよ」ゾッピーノはきっぱりと言いました。「だって塀に自分の名前は書いてないもん。書いたのはジャコモーネの名前だよ」

「だまってお聞き。〝第二章、なぜ塀に友達の名前を書いてはいけないのか……〟」

「友達は一人しかいない」とゾッピーノが言いました。「いや、一人いたんだけど、どこかへ消えちゃったんだ。この章は聞く気になれないな、気持ちがふさいでくる……」

「いやでも聞いてもらうよ。そこでじっとしてるしか、ないんだからね」

ちょうどそのとき呼び鈴《りん》が鳴り、パンノッキアおばさんはひじかけ椅子から腰を上げて、ドアを開けにいきました。やってきたのは十歳ぐらいの女の子です。うなじのところで髪をポニーテールにしているので女の子だとわかりますが、それ以外は男の子に見えなくもありません。カウボーイみたいなズボンをはき、チェックのシャツを着ていたからです。

「ロモレッタ！」ゾッピーノはびっくり仰天して言いました。

女の子は彼を見て、考えこみました。

「あたしたち、どこかで会ったっけ？」

「覚えてないの？」ゾッピーノは言いました。「君は僕のママみたいなものじゃないか。この体の色を見てわからない？」

「思い出した」ロモレッタは答えました。「ちびたチョークね。学校で黒板の下の引き出しにあったのを一度、借りたことがあった」

「借りたって？」パンノッキアおばさんは聞き返しました。「先生はそれを知ってたのかい？」

「言うひまがなかったの」ロモレッタは言いわけしました。「すぐにお昼の鐘が鳴っちゃったんだもん」

「でも、よかった」ゾッピーノは言いました。「僕はそのチョークの息子って言えるかもね。おかげで教育のあるネコってわけだ。話せるし、読み書きもできるし、簡単な計算だってできる。もちろん、ちゃんと足を四本描いてくれてたら、ありがたかったけどね。でも今のままでもうれしいよ」

「あたしだって、またあんたに会えてうれしい」ロモレッタはにっこりしました。「話したいことが山ほどあるんじゃない?」

「あんたらは、うれしいだろうけど」パンノッキアおばさんが口を挟みました。「あたしは違うよ。二人とも、この本に書いてあることを学ばないといけないようだ。ロモレッタ、そこへお座り」

女の子はひじかけ椅子を彼らのそばへ引き寄せ、遠くへ靴を脱ぎ捨てると、ひざをかかえてうずくまりました。パンノッキアおばさんは第三章から本の続きを読みはじめました。なぜ塀に通行人をからかう文句を書いてはいけないか、についてです。ゾッピーノとロモレッタは注意深く話を聞いていました。ゾッピーノは縫い付けられているので、ほかにどうしようもなかったのですが、ロモレッタのほうは何か意味ありげな様子をしています。どうしてかは、みなさんもじきにわかりますよ。

第十章までくるとパンノッキアおばさんは、あくびをしはじめました。もともと一ページに二、三回はあくびをしていたのですが、だんだん、ひんぱんになってきて三回が四回になり、二行おき、一行おきになって、ひと言おきになりました。とうとう今までで一番長いあくびを一つすると、口が閉じ、人のよいおばあさんのまぶたも、ぴったり閉じてしまいました。

「いつもこうなの」ロモレッタは教えてくれました。「読んでる途中で眠っちゃう」

「さてと、おばさんが起きるまで待たなきゃダメ?」ゾッピーノはたずねました。

「あんまりきつく縫われたから、あくびをしたくても口が開かないいんだ。それにゆうべ見失った友達を早く捜しにいかないと」

「まかせて」ロモレッタは言いました。

音をたてず、小さなハサミでていねいに糸を切ってやります。ゾッピーノは伸びをすると床に飛び下り、こわばった足をほぐして満足そうにため息をつきました。

「急いで」ロモレッタがささやきました。「キッチンから逃げよう」

キッチンは真っ暗闇でしたが、すみっこの、なんとなく流しのあるあたりに十四の小さな緑色の炎が、ピカッと光っていました。

「ネコのにおいがする」ゾッピーノは言いました。「いや、ネコが七匹いるにおいだ」

「おばさんのネコよ」

流しの方から楽しそうな七つのクスクス声が聞こえてきます。

「やあ、兄弟」声の一つが言いました。「足が一本足りないだけじゃなくて、目も悪いのかい？　僕らも君と、同じ犬だってわからない？」

「うそつきネコには、もううんざりだ」ゾッピーノは本気で頭にきて叫びました。

「運がよかったな。今、お前たちにかまってるひまはないんだ。そうじゃなければ、ビシバシ爪で引っかいてネコの鳴き方をみっちり教えてやるのに。パンノッキアおばさんは怒るどころか、きっと感謝するぞ」

「よく言うよ」七匹のネコはいっせいに文句を言いました。

ゾッピーノはピョコピョコ歩きながらキッチンを横切り、七匹の仲間の前へ行ってうずくまりました。

「ミャオ」挑発《ちょうはつ》するように、彼はひと鳴きしました。

七匹のニャンコはひどくショックを受けました。

「聞いた？」一番小さいネコが言いました。「本物のネコの鳴き声だよ」

「そうだな。犬にしちゃ悪くない」

「ミャオ」ゾッピーノは何度も鳴いてみせます。「ミャオ、ミャオ、ミャオ！」

「ラジオで鳴きまねをやってるやつだろ」一番年上のネコが言いました。「こんなのに耳を貸すんじゃない。すごいって言われたいだけなんだ」

「ミャオ」ゾッピーノはもう一度鳴きました。

「本当のこと言うとさ」またべつのネコがつぶやきました。「僕だってこんなふうに上手に鳴いてみたいよ。正直な話、ワンワン鳴くのがいやになっちゃった。ほえるたびにゾッとして毛が逆立つんだ」

「おばかさんだな」とゾッピーノは言いました。「なぜゾッとすると思う？　君はネコで、犬じゃないからだろ？」

「あんまり僕を怒らせるなよ。お前の言い分はもうじゅうぶん聞いてやった。いったい何者なんだ？」

「ネコだよ。君らと同じさ」

「犬だろうがネコだろうが、どっちだっていい、ミャーって鳴いてみたい」

「やってごらん」ゾッピーノは言いました。「うっとりするぞ。口の中に広がるんだ、うんと甘い香りが……」

「パンノッキアおばさんがくれるミルクよりも？」一番小さいネコが聞きました。

「その百倍も甘いんだ」

「ボク、鳴いてみたくなった」子ネコは言いました。

「ミャオ、ミャオ」ゾッピーノはその気にさせようとミャゴってみせます。「やってごらん、兄弟たち、ネコの鳴き方を練習するんだ」

ロモレッタはおなかをかかえて笑っていましたが、そのうちに一番小さいネコがおそるおそるミャーとミャゴりはじめました。二番目のネコがそれをまねて、ちょっと大きな声でミャゴり、三番目のネコがそれに加わりました。ゾッピーノのひときわ大きなミャーという指揮に合わせ、たちまち七匹のネコのミャゴリ声は七つのバイオリンのように響き合いました。

「みんな、どんな気分？」

「ほんとに甘いや！」

「砂糖入りのミルクよりもずっと！」

「いっけない」ロモレッタがハッとして叫びました。「パンノッキアおばさんが起きちゃう。ゾッピーノ、おいで！」

時すでに遅し。パンノッキアおばさんは目がさめて、キッチンの入り口に立っていました。パチンと明かりのつく音がして、おばあさんの顔がうれし涙でぬれているのが見えました。

「あたしのニャンコたち！　とうとう、やったんだね！」

ゾッピーノとロモレッタはもう中庭へ逃げだしていました。七匹のニャンコはしばらく迷っていました。あらん限りの声でミャーミャー鳴きながら、飼い主のほうを見るのですが、なぜおばあさんの目から二すじのものがわきでてくるのかわかりません。それからドアを見て、やっと決心しました。一匹ずつ、前のしっぽのあとについて、一瞬たりと鳴きやむことなく中庭へ飛び下りました。

パンノッキアおばさんは涙をふきながら、外へ身を乗りだしました。

「えらい！　えらいよ！」おばさんは声援を送ります。「よくやった！」

ネコたちもそれに応えました。「ミャオ！　ミャオ！」

ところが誰かがひそかに、世にも奇妙なこの光景を目撃していたのです。それはカリメーロ、つまり家主でした。最上階の最後の部屋まで貸すために、自分はがまんして屋根裏に住んでいます。意地が悪くて、陰険《いんけん》で、まるでスパイのような人です。カリメーロは、パンノッキアおばさんに動物を飼わないよう何度も注意しましたが、もちろん、おばさんは気にもしませんでした。

「あたしは家賃を払ってるんだよ」おばさんは言ってやりました。「しかも高い家賃をね。誰をうちに連れてこようが、あたしの勝手だろ」

カリメーロはほとんど日がな一日、屋根裏の窓から人の様子をうかがっていました。だからその晩、ネコを見かけ、彼らが鳴いているのを聞き、パンノッキアおばさんが大声で何度も〝えらい！　えらい！〟を連発して彼らを応援しているのも聞いたのです。

「やっと、しっぽをつかんだぞ」カリメーロはもみ手をしながら言いました。「あの鬼ばばあ、それでのら犬を拾いに街をうろついてるのか。なんとネコの鳴き声を教えるためとはな！　今度こそ、あのばあさんをやっかい払いしてやる。さっそく大臣に手紙を書こう」

そして窓を閉めると、ペンと紙とインクびんを持ってきて次のように書きました。

〝大臣殿

目を疑うようなことが起きており、市民は多大なる忍耐を強《し》いられております。パンノッキアおばさんという婦人はかくかくしかじかをし、それでもって、エトセトラ、エトセトラ　うそを支持する者　カリメーロ・ラ・カンビアーレ〟

彼は手紙を封筒に入れ、急いで投函《とうかん》しにいきました。最悪なことにカリメーロが家へ帰る途中、ロモレッタとゾッピーノは通りに立ち止まって、あることをしていたのです。もしパンノッキアおばさんに見つかったら、例の論文をもう十章くらい聞かされるはめになったでしょう。もうみなさんも知っているように、ゾッピーノは、ときどき、ふしぎなムズムズを感じましたが、そうなると塀に何か書かずにはいられなくなります。彼はちょうどそのとき、ムズムズのなすがままになっていて、ロモレッタはうらやましそうに、その様子を見ていました。ポケットにはチョークのかけらすら、ありませんでしたから。一匹と一人はどちらもカリメーロに気がつきませんでした。

密告屋は彼らを見ただけで、うさんくさいぞ、とすぐにピンときました。ドアの陰に身をひそめると、ゾッピーノの新しいメッセージが難なく読めます。こう書いてありました。

ネコたちがミャーと鳴く日
ジャコモーネに災難が降りかかる

ゾッピーノとロモレッタが遠くへ行ってしまうと、カリメーロはもみ手をしながら大急ぎで家へ帰り、もう一通、大臣にこんな手紙を書きました。

〝閣下《かっか》

私はじゅうぶんな理由により、われわれの国王を侮辱《ぶじょく》する落書きを壁に書いた張本人が、パンノッキアおばさんなる婦人の家に住んでいることをご報告いたします。犯人は姪《めい》のロモレッタと、婦人の拾ってきた犬のうちの一匹です。その犬たちに、婦人はあらゆる法に反してネコの鳴き声を教えています。お約束の懸賞金ニセ十万ターレルは、きっと私にお支払いいただけることでしょう。ここに署名いたします。カリメーロ・ラ・カンビアーレ〟

そのころ、通りではゾッピーノが心配そうに、また何ミリか短くなった右足を見ていました。

「足がすり減らないように書く方法を見つけなきゃ」と、ため息まじりで言いました。

「待って」とロモレッタがハッと声をあげました。「バカだなあ、なんでもっと早く思いつかなかったんだろ。この近所に、知り合いの絵描きさんが住んでるんだっけ。そこの屋根裏部屋はいつもカギがかかってないの。絵描きさんはとっても貧乏だから、泥棒に入られたって全然、平気。中に入って何本かクレヨンを、なんなら丸ごと一箱借りてくればいい。おいで、あんたに行き方を教えたら、あたしは家へ帰る。パンノッキアおばさんに心配かけたくないから」

第八章　売れっ子画家バナニート、絵筆を捨てて、ナイフを握る

　絵描きのバナニートは一人っきりで屋根裏部屋にこもっています。ゆうべは一睡《いっすい》もできませんでした。腰かけに座って自分の描いてきた絵をじっとながめ、憂うつそうに考えこんでいます。

〈ダメだ、何かが足りない。それさえあれば傑作なのに。いったい何が足りないんだろう？　そこが問題だ〉

　そのときゾッピーノが家の主《あるじ》のじゃまをしないよう、窓から入るつもりで屋根づたいに上ってきて、窓枠に飛びのりました。

〈おやおや、まだ起きてるぞ〉と心の中でミャゴりました。〈ここで待っていよう。ずうずうしく思われたくないしな。バナニートが眠ったら、気づかれないようにこっそりクレヨンを借りてこよう。それまでどんな絵か、ちょっと拝見〉

見たとたん、息をのみました。

〈言わせてもらえば、何かが多すぎるんだ〉と彼は思いました。〈それさえなきゃ、まあまあの絵なのに。いったい何が多すぎるんだろう？　脚が多すぎる。たとえば、あの馬には脚がなんと十三本もある。僕なんか三本しかないのに……それに鼻も多すぎる。あの肖像は、顔はたった一つなのに、真ん中に鼻が三つもついてる。あの男の人をうらやましいとは思わないな。だって風邪《かぜ》をひいたら、ちり紙が一度に三枚もいるじゃないか。おや、絵描きさんは何を始める気だろう？〉

バナニートは何か思いついて、腰かけから立ち上がりました。〈たぶん、緑色が少し足りないんじゃないかな……そう、きっとそれだ〉

絵の具チューブに手をのばしてパレットにしぼり出し、どの絵にも緑色を塗りたくりました。馬の脚にも、肖像の鼻にも、女の人の顔に左右三つずつある目にも。

そして後ろへ何歩か下がり、両目を細めて手直しの効果を確かめました。

「ダメだ、ダメだ」とつぶやきます。「足りないのは何かべつのものだ。絵のひどさは、さっきと変わらん」

ゾッピーノがのぞいているところから今の言葉は聞こえませんでしたが、バナニートがっくり、うなだれているのが見えました。

〈絶対、納得してないぞ〉とゾッピーノは思いました。〈あの、目が六つある女の人には、なりたくないな。視力が落ちたらどうなる？　レンズが六つもあるメガネなんて、ものすごくお金がかかるに決まってる〉

バナニートはべつの絵の具チューブを手に取ってパレットに押し出し、バッタのように部屋じゅう跳び回りながら、あっちの絵こっちの絵のいたるところに筆を走らせます。

〈黄色だ〉と彼は思いました。〈きっと黄色が少し足りないんだ〉

〈なんてこった〉とゾッピーノも思いました。〈全部、ぐちゃぐちゃのスクランブルエッグにする気だ〉

ところがバナニートは、もうパレットも絵筆も床にたたきつけ、頭をかきむしりながら、かんしゃくを起こしてふみつけています。

〈こんな調子じゃ、今にジャコモーネ国王みたいにつるっパゲになっちゃうぞ〉とゾッピーノは思いました。〈なんだか、なぐさめたくなってきた。でも気にさわったら？　ネコの助言を聞いた人なんて誰もいないし、第一、難しいな。ネコ語のわかる人はほとんどいないから〉

バナニートは髪に申しわけない気がしてきました。「もういい」彼は決心しました。「絵は全部、ナイフでズタズタに切り刻んでやる。一番大きな切りくずが紙ふぶきより小さくなるまでだ。わかったぞ。私は絵描きに向いてないんだ」

　バナニートの〝キッチン〟は屋根裏の片すみにある小さなテーブルでした。そこに携帯用コンロに小なべ、深皿、スプーンやフォーク、ナイフが置かれています。テーブルはちょうど窓の下にあって、ゾッピーノは見つからないように、鉢植えの陰に隠れねばなりませんでした。でもそんなことをしなくても、バナニートには見えなかったでしょう。彼の目にはクルミよりも大粒の涙が浮かんでいたのですから。

〈さて、お次はどうする？〉ゾッピーノは考えました。〈スプーンを取ったぞ。おなかが空いたんだろう……違った、スプーンを置いてフォークを持った。それも戻してナイフをつかんだ。だんだん心配になってきたぞ。ひょっとして誰か殺す気じゃないだろうな。いったい誰だろう、もしかしたら批評家かも。結局のところ、どんなに自分の絵がひどくたって喜ぶべきなんじゃないかな。だって、展覧会に出してもお客さんは本当のことを言うわけないし、傑作だ、ってほめるに決まってるんだから。おかげで彼は大金を稼げるってわけだ〉

　ゾッピーノがそんなことを考えている間、バナニートは引き出しから砥石《といし》を出してナイフを研《と》ぎはじめました。

「カミソリみたいにスパッと切れるようにしよう。これで私の作品は跡形《あとかた》もなく消えてなくなる」

〈もし誰かを殺すつもりなら〉とゾッピーノは考えました。〈確実に成功させようってわけだな。待てよ、万が一、自分が死ぬつもりだとしたら？　もっと、ひどいことになりかねない。ここは何とかしなきゃ、何が何でもだ。こうしちゃいられない。ローマのガチョウがカピトリヌスの丘を救ったなら、三本足のネコだって、絶望した絵描きの一人ぐらいじゅうぶん救えるさ〉

　われらが小さなヒーローは、あらん限りの声でミャーと鳴きながら、三本の足で部屋の中へ飛び下りました。その瞬間、バーンとドアが開き、汗だくで、息を切らしながらホコリとしっくいまみれで屋根裏に駆けこんできたのは……誰だかわかりますか？

「ジェルソミーノ！」

「ゾッピーノ！　ほんとに君なの？」

「よせよ、足を数えてごらん」

ナイフが宙に止まったまま、ぽかんと口を開けている画家をよそに、ジェルソミーノとゾッピーノは大喜びで抱き合ったり、飛び跳ねたりしていました。

われらのテノール歌手が、いったいどんないきさつで、その階段のてっぺんへたどり着き、よりによってそのドアを、そのタイミングで開けたのか、これからみなさんにその一部始終をお話ししましょう。

第九章　破産寸前《はさんすんぜん》のマエストロに地下室でジェルソミーノが歌います

たぶん、みなさんはジェルソミーノのことを覚えているでしょう。彼は地下室に積んであった石炭の上で眠ってしまいました。ベッドとしては、あまり寝心地よくはありませんでしたが、若いときは寝心地なんて気にしないものです。石炭の角《かど》があばらに食いこもうが、ジェルソミーノの眠りをじゃますることはありませんでした。

夢を見ながら彼は小声で歌いはじめました。寝言を言う癖《くせ》のある人はたくさんいます。ジェルソミーノの場合は、まさに口ずさむのが癖だったのです。そして目がさめると何も覚えていません。昼間ずっとジェルソミーノに沈黙を強いられている声が仕返ししようと、こんな悪ふざけをしていたのでしょう。毎回、自分が主《あるじ》に押し殺されているので、そのうっぷんを晴らそうとしていたのです。

ジェルソミーノの〝鼻歌〟はかなり大声で、市内の住民の半分が起きてしまいました。人々は腹をたて、窓から身を乗りだしました。

「夜間警備員はいったい、何をしてる？　誰もあの酔っ払いを取り締まらないとは、どういうわけだ？」

警備員はあちこち駆けずり回りますが、路上には人っ子ひとりいません。

ジェルソミーノのいる地下室から十キロ以上も離れた、市の端っこに住んでいる市立劇場の監督も目をさましました。

「恐るべき声だ」彼は感激しました。「間違いなくテノールだな。いったい誰だろう？　ああ、この男をモノにできたら、あっという間に劇場を満員にできるのに。彼なら私の救世主になるかもしれん」

これには、わけがあります。だいぶ前から市立劇場は存続の危機にありました。というより破産寸前だったのです。うそつき王国には歌手が大変少なく、そのわずかな歌手たちは、音をはずすのが仕事だと思っていました。いったい、なぜでしょう。もし上手《じょうず》に歌えば、聴衆はこんな罵声《ばせい》を浴びせます。「ヘタくそ！　聞けたもんじゃないぞ！」もしヘタに歌えば、こんな大声援を送ります。「ブラボー！　最高だ！　アンコール！」歌手はたいてい、上手に歌うことより、〝ブラボー〟と言われるほうが好きなのです。

劇場監督は急いで着がえ、表に出て市の中心へ向かいました。そっちの方から声が聞こえてくる気がしたのです。くわしい話ははぶきますが、彼が何度、その声にたどりついたと思ったかしれません。

「きっと、この家だ」と彼は言いました。「あそこの窓から声が聞こえてくる。間違いない」

二時間ほど探し回り、ヘトヘトに疲れきって、あきらめかけたころ、彼はやっとジェルソミーノのいる地下室を見つけました。ライターの薄明かりの中、小柄な若者が石炭の上で眠りこけ、その胸から妙《たえ》なる調べが漏《も》れていると知ったとき、彼がどんなにびっくりしたか、みなさんも想像がつくでしょう。

「眠ってても、こんなに歌がうまいなら、起きてたら、どんなにすごいだろう」劇場監督はもみ手をして言いました。「この男は金の鉱脈だ。しかも、どう見ても本人はそれに気づいてない。金脈を掘るのは私一人だ。ひとつ、彼の才能で大儲《おおもう》けしてやろう」

彼はジェルソミーノを起こして、自己紹介しました。

「私はマエストロ・ドミソルだ。君を捜して十キロも歩いてきた。さっそく明日の晩、私の劇場で君に歌ってもらおう。何がなんでもだ。さあ、立ちたまえ、私の家へ行ってリハーサルしよう」

　ジェルソミーノは断ろうとしました。眠いからと言うと、マエストロ・ドミソルは、ゆったり眠れるようダブルベッドを用意すると言います。一度も音楽を勉強していないと言うと、マエストロは、その声なら音符なんか読めなくたって大丈夫と保証します。一方、ジェルソミーノの声は体の中で、とっくにそのチャンスをつかむ気でいました。

〈勇気を出せ。歌手になりたかったんじゃないのか？　やると言うんだ。君の幸運の第一歩かもしれないぞ〉

　マエストロ・ドミソルは押し問答《もんどう》を打ち切って、ジェルソミーノの腕をつかみ、うむを言わせず引っぱっていきました。家まで連れて帰るとピアノの前に座り、和音をためし弾きして命じました。

「歌って」

「窓を開けたほうが、よくないですか？」ジェルソミーノはおずおずとたずねました。

「それはダメだ、近所迷惑になるからな」

「何を歌えばいいでしょう？」

「何でもいい、故郷《ふるさと》の短いカンツォーネを歌ってくれ」

ジェルソミーノは故郷の短いカンツォーネを歌いはじめました。できるだけ声を抑《おさ》えて慎重に歌い、窓ガラスから目を離しませんでした。ガラスはビリビリ震え、今にも割れて飛び散りそうです。

窓ガラスこそ割れませんでしたが、二回目のサビに入ったとき、シャンデリアが破裂して粉々になり、部屋の中が真っ暗になりました。

「いいぞ」とマエストロ・ドミソルは叫び、ロウソクに火を灯しました。「すばらしい！　驚くべきことだ！　三十年間、いろんなテノール歌手がこの部屋で歌ってきたが、コーヒーカップすら割ったやつはいなかった」

三回目のサビに入ると、窓ガラスはジェルソミーノの恐れたとおりになりました。マエストロ・ドミソルは、もうピアノを弾くのはそっちのけで、ジェルソミーノに駆け寄って抱きしめました。

「ああ、君」感涙にむせんで叫びました。「私の目に狂いはなかった。これが何よりの証拠だ。君は歴代のどんな名歌手より偉大な歌い手になるぞ。ファンが大勢押し寄せて車のタイヤをはずし、御輿《みこし》のように君を車ごとかつぎ上げるだろう」

「車なんて持ってないけど」ジェルソミーノは言いました。

「今に十台持てるさ。いや、三百六十五日、毎日新車を取っかえ引っかえだ。マエストロ・ドミソルにめぐり合えたのを天に感謝するんだな。さあ、もう一曲歌ってくれ」

ジェルソミーノは少しずつ喜びを実感していました。人から歌をほめられたのは、これが初めてです。彼はうぬぼれ屋ではありませんが、ほめられれば誰だってうれしいものです。ですから彼はもう一曲、今度は少しのびのびと歌いました。ほんのちょっとだけ、高音を一つ二つ、響かせたのです。それでも大惨事になるにはじゅうぶんでした。

近所の家の窓ガラスが次々と砕け散りました。人々はおびえて窓から顔を出しています。

「地震だ！」「助けて、助けてくれ！」「早く逃げろ！」

消防車がけたたましくサイレンを鳴らして走っていきます。眠っている子どもをかかえた人や、家財道具を積んだ荷車を押して空き地へ向かう人で、道路はたちまち埋めつくされました。

マエストロ・ドミソルは感激のあまり有頂天になっています。

「恐ろしい！　天才だ！　前代未聞だ！」

ジェルソミーノにキスを浴びせ、彼ののどをすきま風から守るため、急いでマフラーを取りにいきました。そして食堂へ案内し、失業者を十人食べさせてやれるくらい、ごちそうをふるまいました。

「食べなさい、君、食べるんだ」彼はジェルソミーノにすすめました。「このチキンをごらん、高音をひびかせるには、こいつが最高だぞ。このヒツジのもも肉はつややかな低音を出すのに効果絶大だ。さあ、お食べ！　今日から君は私のお客様だ。一番いい部屋を与えよう。壁は防音にして、誰にも聞かれずに思うぞんぶん練習できるようにしてやるぞ」

本音を言えば、ジェルソミーノはおびえている住民を一刻も早く安心させたかったし、せめて消防署に電話して、むだな出動をやめさせたかったのです。でもマエストロ・ドミソルは聞く耳を持ちませんでした。

「やめておきなさい、君。壊した窓ガラスを弁償《べんしょう》させられるぞ。今はまだ一文なしじゃないか。おまけに訴えられる可能性だってある。刑務所行きになったら、歌手になる夢もおじゃんだぞ」

「でも万一、劇場に被害が出たら？」

ドミソルはワッハッハと笑いだしました。

「劇場は歌手が何を歌っても大丈夫なようにできてるんだ。声どころか、爆弾が降ってきたって壊れないよ。君はもう寝なさい。私は公演ポスターを作って、すぐに印刷させよう」

第十章　絶望するマエストロに舞台でジェルソミーノが歌います

朝起きてみると、住民は街角のいたるところに、次のようなポスターが貼《は》ってあるのに気がつきました。

今朝（四十八時ちょうどではありません）、
ヨーロッパとアメリカの名だたる劇場において
玉砕し、ヤジの嵐を巻き起こした
超がつくほど最低のテノール歌手ジェルソミーノは
市立劇場では決して歌いません。
市民のみなさん、どうか来ないでください。
入場料無料

当然ですが、この公演ポスターは意味を裏返しにして読まないといけません。住民の誰もがこの宣伝文句と正反対の意味に受け取りました。〝玉砕〟は〝大成功〟になり、〝決して歌いません〟は、ジェルソミーノが四十八時、つまり二十一時ちょうどに歌う、という意味です。

アメリカうんぬんは、じつを言えばジェルソミーノは書いてほしくありませんでした。

「アメリカへ行ったこともないのに」と彼は文句を言いました。

「そのとおり。うそっぱちだ」マエストロ・ドミソルは言い返します。「だからこの場合はぴったりじゃないか。もし本当にアメリカへ行ってたら、アジアへ行った、と書かなきゃならん。それがこの国の法律だ。でも君は法律のことなんか考えなくていい、歌うことに集中してくれ」

その日の朝は読者のみなさんも知ってのとおり、ひと騒動ありました。ゾッピーノが王宮の正面に書いた、あの有名なメッセージが見つかった事件です。午後になると市内は落ち着きを取り戻し、新聞記事によると二十一時よりずっと前に、劇場は〝閑古鳥《かんこどり》が鳴いて〟いました。つまり超満員だった、という意味です。

本物の歌手の歌声を聞けると期待して、人々が大勢つめかけました。というのも劇場を満員にするために、マエストロ・ドミソル自身がジェルソミーノのセンセーショナルなうわさを流すよう根回ししていたからです。

「耳栓用の脱脂綿を持っていって」ドミソルの手先が市内にうわさをバラまきます。

「あのテノールときたら、まるで拷問だ。地獄の苦しみを味わいますよ」

「ジステンパーにかかった犬が十匹、いっせいに、ほえているのを想像してごらんなさい。そこに、しっぽが火事になった百匹ほどのネコの悲鳴を加え、全部を消防車のサイレンと混ぜ合わせてよく攪拌《かくはん》してください。ジェルソミーノの声と似たようなものができあがります」

「まるで怪物じゃないですか」

「正真正銘の怪物です。劇場ではなく、カエルみたいに沼地で歌ってるのがぴったりです。いや、むしろ水に潜って歌うべきでしょう。狂ネコ病にかかったときみたいに、誰かが息つぎさせないように頭を押さえつけてね」

これらのうわさは、うそつき王国のすべての話と同じで、裏返して考えなければなりません。ですから先ほど言ったとおり、夜の九時よりずっと前に、劇場がお客さんではち切れんばかりだった理由がおわかりでしょう。

九時ちょうどに、国王陛下ジャコモーネ一世が堂々とオレンジ色のかつらをかぶり、王様専用のボックス席に入場しました。観客は起立し、一礼して席につきましたが、もうかつらの方を見まいと必死です。たとえどんなに遠回しだろうと、朝の事件にふれる人は誰もいません。劇場にはスパイがうようよいて、人々のおしゃべりをメモしようと聞き耳をたてているのを知っていたからです。緞帳《どんちょう》の穴から客席を観察し、国王の到着を今か今かと待っていたドミソルは、舞台に出る用意をするようジェルソミーノに合図をしました。彼が指揮棒を振りあげると、国歌の調べが鳴り響きました。こんな出だしです。

バンザイ、バンザイ、オレンジ色の髪のジャコモーネ……

もちろん笑う人は一人もいません。一瞬、ジャコモーネがうっすら赤面したと証言する人がいますが、はたして本当でしょうか。ジャコモーネは若作りしようと、その晩はおしろいをかなり厚塗りしていたのです。
ジェルソミーノが舞台に現れると、ドミソルの手先がサクラになって口笛を吹き、ヤジを飛ばします。

「くたばれ、ジェルソミーノ」

「引っこめ、三流歌手！」

「沼へ戻れ、カエル！」

ジェルソミーノは、ほかにも似たようなヤジをなんとかやりすごし、咳払いをして静かになるのを待ちました。そしてプログラムの最初の曲を歌いはじめます。彼に出せる最もやわらかい声で、くちびるをぎゅっとすぼめ、遠目にはまるで口を閉じて歌っているようにみえます。故郷の短いカンツォーネで、歌詞は誰にでもわかりやすく、ちょっぴり滑稽《こっけい》なのですが、ジェルソミーノはたっぷり感情をこめて歌うので、すぐに客席じゅうでハンカチがヒラヒラしはじめました。聴衆は涙をふくひまもありません。曲は高音で終わるのですが、ジェルソミーノはあえて声を張りあげず、むしろ、もっとしぼろうとします。それでも一ダースほど、ピシッ、パーンという音が聞こえてきました。とても薄いガラスでできた天井桟敷《てんじょうさじき》の照明が破裂したのです。しかし口笛がいつまでも鳴りやまず、かき消されてしまいました。聴衆はみな立ち上がって大声援を送ります。

「出ていけ！　ヘタくそ！　二度と人前で歌うな！　クジラにセレナーデでも聞かせてろ！」

つまり、もし新聞に真実が語れたら、こんなふうに書いたでしょう。〝感激はとどまるところを知らなかった〟

ジェルソミーノは一礼し、二曲目に入りました。今度はほんの少しだけ自由に歌いました。実力を知ってもらわなければなりませんから。彼は歌が好きで、歌うことが彼のたった一つの楽しみです。人々は彼の歌にうっとりと聴きほれています。ジェルソミーノはいつもの慎重さを忘れ、高音を響かせました。その声は、何キロも遠くにいる、劇場に入りきれなかった大勢の人たちを感動に巻きこみました。

彼は拍手喝采が起きるのを待ちました。正確にいうと、口笛やヤジの嵐です。ところが起きたのは爆笑で、彼はあっけに取られました。聴衆は彼のことなど忘れたように背を向けて、べつの方を見て笑っています。ジェルソミーノもそちらを見ると、血管の血は凍りつき、声は喉の奥に張りつきました。彼の高音で、客席の天井に吊るされた頑丈《がんじょう》なシャンデリアは破裂しませんでしたが、もっとひどいことが起きていました。ジャコモーネ国王の頭から、うわさのオレンジ色のかつらが吹っ飛んでしまったのです！　王様はいったい何をそんなに笑っているのかわからず、イライラとボックス席の手すりをたたきながら、キョロキョロしています。気の毒なことに、まったく気づいていません。その日の朝、忠実すぎる廷臣の舌がどうなったか、記憶が生々しくて誰にも真実を話す勇気がなかったのです。

　ドミソルは客席に背を向けて何も見えなかったので、ジェルソミーノに三曲目を歌うよう合図しました。

〈ジャコモーネは面目丸《めんぼく》つぶれかもしれないけど僕まで彼のまねをしてることないんだ。今度は本気でうまく歌ってやろう〉とジェルソミーノは思いました。

　そして本能のおもむくまま、とてもみごとに、力強く歌ったので、出だしの小節で劇場は崩壊しはじめました。まずシャンデリアが壊れて落ち、逃げ遅れた観客の一部が下敷きになりました。そしてボックス席が一列そっくり崩れ落ちました。中央に王様専用の席があるやつです。幸いジャコモーネはすでに劇場から立ち去っていました。頬におしろいをはたいておこうかと鏡を見て、かつらがないのに気づいてギョッとしたのです。うわさでは最悪の事故をだまっていたという理由で、劇場にいた側近全員の舌を切らせてしまったそうです。

　ジェルソミーノが歌っている間、観客は出口に殺到しました。残っていたボックス席の列と天井桟敷が崩れ落ちたとき、劇場に残っていたのはジェルソミーノとドミソルだけでした。ジェルソミーノはまだ目を閉じて歌っていました。劇場にいることも、自分が誰かも忘れ、ひたすら歌う喜びに酔いしれていたのです。残念ながら、目を大きく見開いていたドミソルのほうは、頭をかきむしっていました。

「私の劇場が！　もうおしまいだ！　破滅だ！」

劇場前の広場では、さっきと打って変わって群衆がこう叫んでいました。「ブラボー！　ブラボー！」

その言い方がふつうの調子ではなかったので、ジャコモーネの警察隊は顔を見合わせ、ぶつぶつ言っています。「まさか今のブラボーは歌がヘタだからじゃなくて、うまいからじゃないだろうな」

ジェルソミーノがフィナーレを高音でしめくくると、その勢いで劇場の残骸《ざんがい》は吹き飛び、ホコリがもうもうと舞いあがりました。そのときやっと、ジェルソミーノは自分の与えた被害に気がつきました。ドミソルが威嚇《いかく》するように指揮棒を振り回し、がれきの山を乗り越えて、必死で彼に向かってくるのが見えます。

〈僕の歌手人生は終わった〉彼はがっくりしました。〈せめて命だけは守らなきゃ〉

劇場の壁にできた割れ目から広場へ脱出し、顔を隠して人混みにまぎれこみ、ひとけのない通りへ出ると、足がバラバラになるくらい走って、走って、走りました。

しかしドミソルは彼から目を離さず、わめきながら追いかけてきます。「待て、この悪党！　私の劇場を弁償しろ！」

ジェルソミーノは角を曲がって路地へ入り、最初に目に入った小さな入り口にすべりこんで、はあはあ息を切らして屋根裏まで駆け上がり、ドアを押し開けました。さあ、そこはバナニートの〝アトリエ〟で、今まさにゾッピーノが窓から部屋に入ってきたところでした。

第十一章　画家がちゃんと仕事をすると、作品に命が宿ります

　バナニートはポカンと口を開け、ジェルソミーノとゾッピーノが、お互いどんなひどい目にあったか話すのを聞いていました。手にはずっとナイフを持っていましたが、なぜそんな物を握っているのか、さっぱり思い出せません。

「それで何をするつもりだったの？」ゾッピーノは不審《ふしん》に思って聞きました。

「私も今、それを考えていたところなんだ」バナニートは答えました。でも周りを見て、すぐにまた真っ暗な絶望のふちに突きおとされました。彼の絵はあいかわらずそこにあって、この物語の第八章に登場したときのまんまの、ひどい絵でした。

「あなたは画家なんですね」ジェルソミーノは感心して言いました。彼がどんな絵を描くのか、まだ見るチャンスがなかったのです。

「私もそのつもりだったんだがね」バナニートは悲しそうにつぶやきました。「自分

は絵描きだと思ってた。でも商売がえしたほうがよさそうだな。今度はできるだけ、色とかかわりのない仕事を選ぼう。たとえば墓掘りなら、縁《えん》があるのは黒だけだ」

「お墓にだって花はありますよ」とジェルソミーノが言いました。「この世に本当に真っ黒けで、黒一色のものなんてないでしょう」

「炭がある」とゾッピーノが言います。

「でも燃やせば赤くなったり、白くなったり、青くなったりするよ」

「黒インクは黒いまんまだ」

「でも黒いインクで、いろいろなことが起きる楽しい話が書けるよ」

「降参だ」ゾッピーノは言いました。「足を賭《か》けなくってよかった。今ごろ二本足になってたよ」

「じゃあ墓掘り以外だ」バナニートはため息をつきました。

ジェルソミーノは屋根裏を歩き回り、鼻が三つある男の肖像画の前で立ち止まりました。ゾッピーノが見てびっくり仰天したやつです。

「誰ですか?」と彼はたずねました。

「宮廷のえらい侍従だよ」

「鼻が三つもあるなんて、恵まれた人ですね。いいにおいが三倍に感じるでしょうね」

「いやあ、話せば長いんだ。彼は私に肖像画を依頼して、どうしても鼻を三つにしろって言うんだ。ずいぶん話し合ったよ。私は一つだけにしたかった。そして二つでがまんしたらどうです、って言ってみたんだ。ところが何を言ってもむださ。鼻を三つ描くか、肖像画をあきらめるか、どちらかだって。で、こんな絵ができあがったんだ。子どもがギャッと言いそうだよ。わがまま坊主にお仕置きするのに見せる絵だ」

「それじゃ、この馬も宮廷にいる馬ですか？」とジェルソミーノは聞きました。

「馬だって？　雌牛《めうし》だよ、わからない？」

ジェルソミーノは耳をポリポリかいています。

「雌牛かもしれないけど、僕には馬にみえるな。正確に言えば、もし脚が四本なら馬にみえます。でもこれは十三本もありますね。脚が十三本なら馬が三頭描けて、一本おつりがきますよ」

「でも雌牛の脚は十三本だ」バナニートは反論します。「子どもたちは学校でそう教わってる」

ジェルソミーノとゾッピーノはため息をついて顔を見合わせ、どちらも同じことを考えているのが、目を見てわかりました。〈うそつきネコになら鳴き方を教えられる

けど、この気の毒なおじさんには、いったい何を教えればいいんだろう?〉

「僕が思うに」とジェルソミーノは言いました。「脚を何本か取ったら、もっといい絵になるんじゃないかな」

「なるほど。みんな、私を陰で笑い者にするだろうな。批評家は私を精神科の病院へ入れろと言うだろう。ナイフで何をするつもりだったか、今、思い出したぞ。自分の絵を切り刻もうとしてたんだ。さっさと取りかかろう」

もう一度ナイフを握ると、十三本の馬の脚——彼は雌牛と言っていますが——が入り乱れて収拾《しゅうしゅう》のつかなくなった絵に、ものすごい形相《ぎょうそう》で向かっていきました。最初の一撃を振りおろそうとしましたが、気が変わったようです。

「何カ月も苦労したのに」と、ため息をつきました。「自分の手で壊すのは胸が痛む」

「おっと、名言だね」とゾッピーノは言いました。「メモ帳を持ち歩くようになったら、今のを忘れないように書きとめておくよ。でもその絵をズタズタにする前に、ジェルソミーノの言うとおりにしてみたら?」

「それもそうだな」バナニートは興奮して言いました。「どうせ捨てるんだから。切り刻むのは、いつだってできる」

そしてナイフを使って絵の具を慣《な》れた手つきでこそげ取り、十三本の脚から五本なくなりました。

「これでもう、だいぶよくなりましたね」ジェルソミーノがはげまします。

「13ひく5は8だ」とゾッピーノが言いました。「馬が二頭なら、ちょうどいいんだけど。失礼、雌牛が二頭って言いたかったんだ」

「もう何本か取ろうか？」とバナニートは聞き、返事も待たずに脚を二本けずり取りました。

「その調子……その調子……」ゾッピーノも応援します。「あとちょっとで正解だ」

「今度はどう？」

「四本だけ残して、どうなるか見てみよう」

脚が四本になると、絵からヒヒーンと喜ぶ声が聞こえ、続いて馬が床の上に飛び下りて屋根裏部屋の中を小走りで駆け回りました。

「あー、まいった、まいった。やっとらくになった。あっちは、えらく窮屈《きゅうくつ》だったなあ」

馬は壁に掛かった小さな鏡の前へ来ると、きびしい目で自分の姿を念入りに観察し、満足げに、いななきました。

「なんてりりしい馬だろう！　われながら、ほれぼれする！　みなさんには感謝のしようもありません。もしうちの近所へ立ち寄ることがあったら、みなさんを乗せて思いっきり駆け回りましょう」

「近所ってどこだ？　おい、待てよ、待てったら！」バナニートは叫びました。しかし馬はもう部屋を出て、階段の方へ行ってしまいました。四つのひづめの音がおどり場からおどり場へ飛び跳ねるのが聞こえます。しばらくすると、うっとりするほど美しい馬が路地を横切って田舎《いなか》の方へ向かっていきました。私たちの仲間は窓からその姿を見送りました。

バナニートは興奮して、体じゅうに汗をかいていました。

「結局のところ」ひと息つくと、彼は言いました。「あれは馬だったんだな。本人がそう言ったんだから、信じるしかないだろう。まさか学校で、アルファベットの〝m〟を馬の絵を使って教えていたとはねえ。雌牛《ムッカ》のmって言ってたんだよ！」

「さあ、どんどんいこう」ゾッピーノはやる気満々でミャゴりました。「次の絵に取りかかろうよ」

バナニートはコブがやたらとあるラクダに取りかかりました。あんまり多いので砂漠に広がる砂丘のようです。けずっては、またけずり、とうとうコブは二つだけになりました。

「よくなってるぞ」彼は猛然《もうぜん》とナイフをふるいながら、つぶやきました。「この絵もかなりうまくいってる。このラクダも最後には本物になると思うかい？」

「できばえがよければ、なりますよ」ジェルソミーノは答えました。

ところが何も起きません。ラクダはキャンバスにおさまったまま、うんともすんとも言わず、知らん顔で、まるで自分には関係ないと言いたげです。

「しっぽだ！」突然、ゾッピーノが大声をあげました。「三本あるぞ。ラクダの一家でもじゅうぶんなくらいだ」

余計なしっぽが消えてなくなると、ラクダはキャンバスから威風堂々《いふうどうどう》と下りてきて、やれやれとため息をつき、ありがたそうにゾッピーノを見ました。

「君がしっぽに気づいてくれて助かったよ。でなきゃ、ずっとこの屋根裏に閉じこめられるところだった。君たち、この近くに砂漠はあるかな？」

「市の中心に一つあるよ」バナニートは言いました。「公共の砂漠ならね。でもこの時間は閉まってる」

「おじさんは公園のことを言ってるんだ」ゾッピーノはラクダに説明します。

「ここから二、三千キロは歩かないと本物の砂漠はないよ。警備員に見つからないように気をつけて。でないと動物園で飼われることになるから」

ラクダもまた、出ていく前に自分の姿を鏡に映し、見とれていました。そのあと馬と同じように小走りで路地を渡っていきました。それを見かけた夜間警備員は目を疑い、しっかりしろと力をこめて自分をつねりはじめました。

「おれも焼きが回ったな」ラクダが角を曲がって見えなくなると、彼はぽつりと言いました。「仕事中に居眠りして、アフリカにいる夢を見てるんだから。気をつけないとクビになるぞ」

殺すと脅されようが、匿名《とくめい》の脅迫状が来ようが、バナニートの勢いは止められなかったでしょう。次から次へと絵に向かってナイフをふるい、うれしい悲鳴をあげています。

「これはまるで外科医の仕事だ。病院の先生が十日でこなすより、もっとたくさんの手術を私は十分でやってる」

絵を飾りたてていたすべてのうそを取りのぞくと、絵は美しくなります。美しくなると、それは本物になります。文字どおり生命を持つのです。犬もヒツジもヤギも絵から抜けだし、幸せに暮らせる場所を求めて外の世界へ旅立っていきました。ネコはネズミを探しにいきました。

バナニートは一枚だけ細かく破り捨てました。鼻を三つにしろと言った侍従の絵です。というのも、もし鼻を一つにしたら侍従もまたキャンバスから飛び出し、命令にそむいたと言って彼を責めかねなかったからです。ジェルソミーノは紙ふぶきにするのを手伝いました。

ゾッピーノのほうは、その間、ぶらぶら歩き回って何かを探している様子でした。がっかりした顔をしているので、探しものは見つからないようです。

「馬やラクダや侍従はいるのに」ぶつぶつ独り言を言っています。「チーズの皮すらないんだな。この屋根裏にネズミ一匹寄りつかないわけだ。貧乏のにおいが好きなやつなんて、いないからね。空腹は毒よりもいやなにおいがする」

すみっこの暗がりをかき回すと、ホコリまみれの小さな絵が出てきました。裏側はムカデのすみかになっていて、不意をつかれたムカデが百本の足をわさわささせて飛び出してきました。本当に足が百本ありますから、バナニートが数を間違えて描いても、誰にも迷惑はかからないでしょう。ひいき目に見れば、その絵はテーブルにごちそうが並んでいるように見えなくもありません。たとえばお皿の上にのっている、なにやら恐ろしげな生き物は、モモが二本だけならチキンの丸焼きに見えたかもしれませんが、これではムカデの親戚《しんせき》です。

「この絵がこのまま、本物になったところが見てみたい」とゾッピーノは妄想しました。「モモが二十本近くあれば、家族とか、居酒屋の主人とか、腹ペコのネコにはすごく都合がいいだろうな。しかたない、モモの大部分はカットだ。それでも三人分のおやつぐらいにはなるさ」

絵をバナニートのところへ持っていき、ナイフでうまい具合に直すよう頼みました。

「これはチキンの丸焼きだ」バナニートは反対しました。「生き返るわけがないだろ！」

「今、みんなに必要なのは、生きてるチキンより丸焼きのチキンだよ」とゾッピーノは答えました。

これには画家も反論しようがありません。なにしろ昨日の夜から絵に没頭し、何も食べていないのを、そのとき思い出したのです。

丸焼きはニワトリにはならず、丸焼きのまま絵から出てきました。たった今、オーブンから出したばかりでも、こんなに湯気が立って、おいしそうなにおいは、しないでしょう。

「おじさんは絵描きとして、かなり成功すると思うよ」ゾッピーノは手羽にかぶりつきながら言いました。二本のモモはジェルソミーノとバナニートに残しておいたのです。「でもコックの腕は本当に超一流だ」

「ちょっとワインがあるといいなあ」食事の途中でジェルソミーノが言いました。

「でもこの時間じゃ居酒屋は閉まってるだろうし、かりに開いてたとしても意味ないか。みんな文なしだもんね」

ゾッピーノにある考えがひらめきました。バナニートに頼みます。

「小さなカラフ入りか、できたら小びん入りのワインをササッと描いてくれない？」

「やってみよう」画家は腕が鳴って鳴ってしかたがありません。

キャンティのボトルを描き、あまりにもみごとな色をつけたので、ジェルソミーノがボトルの首をつかもうと待ちかまえていなかったら、勢いあまって床にこぼれていたでしょう。

二人と一匹の仲間は、絵画と美声とネコに乾杯しました。でも三回目の祝杯をあげたとき、ゾッピーノは悲しくなりました。二人はしばらく彼をなだめすかし、彼が何を気にしているのか、ようやく聞きだしました。

「結局は」彼はとうとう不満を打ち明けました。「僕は描き損じのネコなんだ。三十分前まで絵の中にいた連中と変わらない。僕には足が三本しかないし、戦争で片足をなくしたとか、路面電車にひかれたとかいう言いわけもできない。うそをつくことになるからね。どうかな、もしバナニートに……」

それ以上、言う必要はありませんでした。画家はもう絵筆を取り、あっという間に、長靴をはいたネコも喜びそうな足を描いてやりました。何よりよかったのは、足がゾッピーノの体の、あるべき位置にすぐにくっついたことです。初めのうちは、おそるおそる歩いていましたが、だんだんしっかりした足どりで部屋の中をあちこち、ためし歩きします。

「ああ、ニャンてすてきなんだろう」とミャゴりました。「べつのネコに生まれ変わった気分だ。もとの自分とあんまり違うから、名前まで変えたくなってきた」

「うっかりしてたよ」バナニートのほうは額をたたいて叫びました。「君の足を油絵の具で描いたけど、ほかの三本はチョークだったな」

「ちっともかまわないさ」ゾッピーノは言いました。「このままでいいよ。僕の大事な足だ。名前も今までと同じゾッピーノでいいや。よく考えたら僕にぴったりの名前だ。右の前足は、壁に落書きしたせいで少なくとも五ミリは短かかったんだし」

その晩、バナニートはジェルソミーノにどうしても自分の簡易《かんい》ベッドで寝てくれ、と言って聞きませんでした。彼は床に古いキャンバスを山のように敷いて眠りました。ゾッピーノは、ドアに掛かっていたバナニートのコートのポケットに落ち着きました。そして次から次へ楽しい夢を見ました。

第十二章　ここでゾッピーノは新聞を読み最後のページで心を痛めます

　バナニートは朝早くから絵筆とキャンバスをたずさえ、みんなに腕前を披露《ひろう》しようと、はりきって出かけました。ジェルソミーノはまだ眠っていましたが、ゾッピーノは途中まで絵描きのおじさんに付き合い、役にたつ助言をしてあげました。

「花の絵を描いて売るんだ。きっと、わんさかニセ金を稼いで帰れるよ。季節はずれの花を描くといい。季節の花は花屋さんに行けばあるからね。それからもう一つ。ネズミの絵は描かないこと。女の人が悲鳴をあげるから。おじさんのためを思って言ってるんだよ。僕はむしろ、ネズミを描いてくれたほうが、ありがたいんだから」

　バナニートと別れてからゾッピーノは新聞を買いました。演奏会についてどんな評が出ているかわかれば、ジェルソミーノが喜ぶと思ったからです。新聞の名前は『デイリー・ウソパッチ』で、もちろんニュースは全部デタラメか、事実を逆さまに報道したものです。

たとえば、こんな見出しの記事があります。「走者ペルシケッティの大勝利」。ニュースの内容はこうです。〝袋跳びレースの名チャンピオン、フラヴィオ・ペルシケッティが昨日、王国一周レースの第十ステージで、二着のロモロ・バローニに二十分、三着のピエロ・クレメンティーニに三十分十五秒の差をつけ一位に入賞しました。勝者の一時間後に到着した後続グループの中から、ラストスパートでパスクアリーノ・バルシメッツリが四着におどりでました〟

この記事のどこが変なの？　とみなさんは言うでしょう。袋跳びレースはよくある競技ですし、むしろ自転車や自動車のレースよりこっちを見ているほうが、よっぽどおもしろいです。確かにそうですが、『デイリー・ウソパッチ』の読者なら、袋跳びレースなど全然行われなかったことを知っています。フラヴィオ・ペルシケッティ、ロモロ・バローニ、ピエロ・クレメンティーニ、パスクアリーノ・バルシメッツリや後続グループが、袋の中に入ったこともなく、誰かを引き離したり、ラストスパートで競《せ》り合う気なんてさらさらないのを百も承知しているのです。

たいていは、こんなからくりになっています。新聞社は毎年、ステージ形式で競う袋跳びレースを催《もよお》しますが、実際に競技が行われることはありません。有名になりたい人は自分の名前を新聞にのせたいがためにエントリー料を払い、各ステージで一位になるために毎日いくらかの額を寄付するのです。たくさん寄付をすれば勝者として名前が発表され、紙面でその勝ちっぷりを、〝ヒーロー〟だの、〝ぶっちぎりのナンバーワン〟だの、嵐のような美辞麗句《びじれいく》で書きたててもらえます。順位は単純に寄付の多い順です。何日か額をケチると、グループはずっと手を抜いてたとか、スター選手も一般選手もお気楽ムードでやっていてけしからんとか、ペルシケッティやバローニのようなチャンピオンは、人気が大事なら次のステージではもっとしっかり跳んだほうがいいなどと、嫌味《いやみ》を書かれてしまいます。

ペルシケッティ氏は製菓会社の社長で、新聞に自分の名前がのれば会社のお菓子のよい宣伝になりました。とってもお金持ちだったので、たいてい大差をつけて一位で到着し、ゴールでは〝祝福のキスと胴上げが待っていて〟、夜は宿泊しているホテルの窓の下で、熱狂的なファンがセレナーデを捧げました。少なくとも新聞にはそう書いてあります。なぜなら、言うまでもなく熱狂的ファンはドラムもたたけなかったし、自分の家のベッドでのんきにいびきをかいていたからです。

ゾッピーノは同じページにある、こんな見出しも読んでみました。「コルネーリア通りで起きなかった悲劇――五人が死をまぬがれ、十人はかすり傷一つ負わず」

ニュースはこうです。〝昨日、市内から十キロ離れたコルネーリア通りで、対向車線をかなりのスピードで走っていた二台の車が、衝突《しょうとつ》すらしませんでした。事故にならなかったため五人（氏名続く）が命拾いし、ほかの十人は無傷だったので、病院へ搬送《はんそう》されませんでした（氏名続く）〟

これは残念ながら、デタラメニュースではなく逆さまニュースです。起きたことをまったく逆に報道しています。

ジェルソミーノの演奏会についてもそんな調子で書かれていました。たとえば、記事にはこうあります。〝著名なテノール歌手は舞台の最初から最後まで、ひと言も発しませんでした〟新聞には劇場の残骸の写真ものっていて、その下に説明も付いています。〝写真を聞いて読者もおわかりのように、まったく、何ごとも起きませんでした〟

ジェルソミーノとゾッピーノは『デイリー・ウソパッチ』を読んで、しばらく楽しみました。文芸のページもあって、こんな詩が掲載《けいさい》されていました。

ピストイアの料理人が

ミドリトカゲに言いました
「車止めの石柱をかじったら
どんなにおいしいか！
ごちそうさまの、そのあとに
カナヅチで歯みがきしたら
どんなに楽しいか」

「ミドリトカゲは何て答えたか、書いてないね」ゾッピーノが突っこみました。「僕には想像つくよ。アペニン山脈からアンデス山脈まで、みんながミドリトカゲのせせら笑いを聞いたはずさ」

最後のページの最後の段のおしまいに、「否定」という簡単な見出しで短い記事が出ていました。ジェルソミーノは読みました。

〝昨夜三時、ポッツォ小路で警察がパンノッキアおばさんなる婦人とその姪《めい》、ロモレッタを逮捕したというのは、事実無根であるとして否定します。従って、うわさに反してこの二名は五時ごろ精神科の病院には収容されていません。警察庁長官〟

「うそつき庁長官め」とゾッピーノが怒って言いました。「つまりこれは、かわいそうな二人が、檻《おり》の中に閉じこめられているってことだ。全部、僕のせいだって気がする」

「見てよ」そのとき、ジェルソミーノが話をさえぎりました。「ここを読んで。もう一つ否定って見出しがある」

記事は直接、ジェルソミーノにかかわることで、次のような内容でした。

〝有名なテノール歌手、ジェルソミーノを警察が指名手配中というのは、まったくのデマです。そんなことをする理由がありません。ジェルソミーノは市立劇場に被害を与えておらず、弁償する必要は少しもないからです〟

〝ですから、ジェルソミーノの潜伏《せんぷく》場所をご存じのかたは、警察へ通報しないでください。さもないときびしい注意を受けるでしょう〟

「めんどうなことになってるな」とゾッピーノは言いました。「君は家から出ないほうがいいだろう。僕が様子を探ってくるよ」

ジェルソミーノは何もせずに待つのはいやでしたが、ゾッピーノが正しいのを認めないわけにいきませんでした。それで彼を行かせ、自分は簡易ベッドに寝そべって、気長に一日のんびりすごすことにしました。

第十三章　うその国では、真実は病《やまい》です

　飼いネコたちの初めてのミャゴリ声に聞きほれているパンノッキアおばさんを、私たちは玄関に置きざりにしていました。おばさんは幸せで、まるで百年間ずっと引き出しに眠っていた、ベートーベンの未発表交響曲を大発見した音楽家のようでした。ロモレッタのほうは、バナニートの屋根裏部屋への道順をゾッピーノに教えたあと、急いで家へ帰る途中でした。そのあと、おばさんと姪はそれぞれのベッドですやすやと眠ってしまい、カリメーロの手紙ですでに警察全体が動きはじめているとは思ってもみませんでした。その一部、警察隊の小隊が夜中の三時に二人の家へ容赦《ようしゃ》なく押し入り、老婦人と少女に大急ぎで着替えさせ、刑務所へと引っぱっていきました。

　警察隊の隊長は罪人二人を刑務所の所長に引き渡したら、家へ帰って寝たかったの

ですが、所長が仕事にきちょうめんなのを忘れていました。

「この二人は何をしたんだ?」

「年寄りのほうは犬にミャーと鳴かせようとし、女の子のほうは壁に落書きをしたんだ。二人とも凶悪犯だぞ。私が君の立場だったら、地下牢《ちかろう》にぶちこんで見張りをふやすだろうな」

「自分の仕事くらい、心得てるよ」刑務所の所長は言い返しました。「連中が何て答えるか聞いてみよう」

まず、パンノッキアおばさんが尋問《じんもん》されました。おばさんは逮捕されても、怖いと思いませんでした。七匹の飼いネコがとうとう自分の声を取り戻したのがうれしくて、何があろうと、へっちゃらだったのです。ですから落ち着きはらって、聞かれたことには何でも答えました。

「あれは犬じゃありません、ネコです」

「報告書には犬とあります」

「ネコですよ、ネズミを捕るやつです」

「ネズミを捕るのは犬ですよ」

「いいえ、あなた、それはネコでしょ。ミャーと鳴くのはネコです。うちの子たちも市内のほかのネコと同じで、ワンワンほえていました。でも運よく今晩初めてミャーと鳴いたんです」

「この女はどうかしてる。入れるなら精神科の病院だ」と所長は言いました。「奥さん、何をおっしゃってるんですか？」

「真実よ、真実だけを言ってるの」

「おや、それなら話は決まった」所長は叫びました。「この女は本当にあぶないぞ。こっちで引き取るわけにはいかん。うちは刑務所で、まともなことを言う人間が入るところだ。おかしなことを口走るなら病院へ行ってもらおう」


ぐっすり眠るつもりが当てがはずれそうになって、警察隊の隊長は文句を言いました。しかし所長は取調《とりしら》べの書類と一緒に、パンノッキアおばさんを彼に押しつけてしまいました。そして次にロモレッタを尋問しました。

「壁に落書きしたのは君かね？」

「百パーセント真実です」

「聞いたか？」所長は叫びました。「この娘もどうかしている。病院行きだ。女の子も君が引き取って、私をわずらわさないでくれ。おかしなことを言うやつに、かかわり合ってるひまはないんだ」

隊長は怒って不機嫌になり、二人の罪人をまた護送車《ごそうしゃ》に乗せて病院へ連れていきました。二人ともすぐに受け入れが決まり、大部屋に収容されました。そこにはほかにも、本当のことを言ったばっかりに捕まってしまった人たちがいました。

ところがその夜のできごとが、これでおしまいと思ったら大間違いです。隊長が執務室《しつむしつ》に戻ると、誰が待っていたでしょう？　帽子を持ち、これ以上ないくらい卑屈《ひくつ》な笑いを浮かべたカリメーロ・ラ・カンビアーレです。

「私に何の用かね？」

「閣下」カリメーロはおじぎをし、もっとニタニタしてささやきました。

「ニセ十万ターレルを受け取りにまいりました。国王の敵が捕まったのは私のおかげですから、懸賞金は当然、私のものかと」

「そうだった、あの手紙を書いたのは、あなただったな」隊長は思案げに言いました。「でも、あそこに書いてあったのは全部、本当のことだったのかな？」

「閣下」カリメーロは声を張りあげました。「全部、真実ですとも、誓います！」

「おやおや」隊長は不敵な笑いを満面に浮かべ、負けずに声を張りあげました。「ここに、真実だと主張するのがいるぞ。わが友よ、あなたが少々おかしいのはわかってたが、それを自分で白状したな。来なさい、病院行きだ」

「閣下、お願いです」カリメーロはやけくそになり、床にたたきつけた帽子をふんづけて騒ぎたてます。「まさか本気じゃないでしょう、ひどすぎます！　私はうそを支持する者ですよ。手紙にもそう書いてます」

「しかし、本当にうそを支持してるんですか？」

「本当です！　まぎれもない真実です！　誓ってもいい！」

「また引っかかりましたね」隊長は勝ちほこって言いました。「あなたは二度、私に真実を言っていると誓いました。さあさあ、文句を言ってないで。病院へ行けば、頭を冷やす時間はじゅうぶんありますよ。今のあなたは頭に血が上って正気をなくしています。野放しにしたら、治安を乱しかねない」

「私の懸賞金をネコババする魂胆《こんたん》ですね」警官の腕の中でじたばたしながらカリメーロはどなりました。

「お前たち、聞いたか？　いよいよ妄想に火がついたぞ。この男に拘束服を着せて、さるぐつわを嚙ませろ。あいつには懸賞金なんて、びた一文も入らんよ。私の服に隠しポケットが、じゅうぶんあるうちはね」

　こうしてカリメーロも病院行きになり、防音壁に囲まれた個室に入れられてしまいました。

もういいかげん、隊長は眠りたかったのですが、市内のあちこちから気がかりな通報が入りはじめました。「もしもし、警察ですか？　郊外にミャーミャー鳴いてる犬がいます。狂犬病かもしれません。誰かよこしてください」

「もしもし、警察？　ちょっと、野犬捕獲員は何をしてるんですか？　アパートの入り口で、三十分も犬がミャーミャーやってるんですよ。明日の朝になってもまだいるようなら、噛まれるのが怖くて誰も家から出られやしない」

隊長はすぐに野犬捕獲員を全員、招集させて、パトロール隊をいくつも編成し、精鋭の警官で増強しました。そして〝ミャゴり犬〟の捜索に市内へ向かわせたのです。その犬とは、みなさんもお察しのとおり、パンノッキアおばさんが飼っていた七匹のニャンコです。

そのうちの一番おチビさんは、三十分後にすぐ捕まってしまいました。あんまり夢中になって鳴いていたので、取り囲まれているのがわからなかったのです。周りに人が集まっているのに気づくと、ほめられているとカン違いし、もっと一生けんめいミャゴってみせました。捕獲員は親しげにネコに近づき、背中を二、三回なでてやってから、首根っこをがっちりつかんで袋に押しこみました。

七匹のうち二匹目は馬の銅像の鞍《くら》によじ登り、バカにして気のなさそうな数匹のネコを相手に、何やら熱くミャゴっていたところを捕獲されてしまいました。ネコたちはうるさいのが捕まってせいせいしたのか、だらしなくほえていました。三匹目が見つかったのは、犬に腹をたてたからでした。

「バカだな、なんでミャーって鳴いてるんだよ」と犬に言いました。

「じゃ、ほかにどう鳴けっていうんだ？　おれはネコだからミャゴるのさ」犬は答えました。

「バカもバカ、大バカだな。鏡で自分の姿を見たことないのかい？　君は犬なんだから、ほえなきゃダメだ。僕はネコだからミャゴるのは僕のほうだ。こんなふうにだ、ミャオ、ミャオ、ミャーオ！」

結局、二匹はケンカになり、捕獲員は手っとり早く両方捕まえましたが、犬のほうはあとで逃がしてやりました。ミャゴって当然だったからです。

四匹目も、五匹目も、六匹目も捕まりました。

「残るはあと一匹だな」捕獲員と警官は疲れを吹き飛ばそうと、はげまし合いました。そして何時間も探し回ったあげく、やっと見つけたミャゴるネコは、一匹ではなく二匹だったのです！　そのときの彼らの驚きようといったらありませんでした。

「数がふえてる」警官が言いました。

「伝染するに違いない」続けて捕獲員が言いました。

二匹のネコのうち一匹は、パンノッキアおばさんのところの七匹目のネコですが、もう一匹は、何てことはありません、今までの章に一度登場しているフィードでした。彼はよくよく考えてみましたが、ゾッピーノがミャーと鳴くように言ったのは、あながち間違っていなかったかも、という結論にたどり着いたのです。いったんネコの鳴き声をしたら、どんなにほえたくても、二度とワンとは言えなくなるものです。

フィードは抵抗もせず、おとなしく捕まりました。七匹目のネコは仲間の最年長で、するすると木の上に登り、ネコのレパートリーの中でとびきり美しいアリアをミャゴりながら、追っ手が四苦八苦しているのを見下ろして、しばらくおもしろがっていました。

めったにお目にかかれないショーとあって、あたりに黒山の人だかりができました。そしてありがちなことですが、二派に分かれました。おかたい常識人たちは、このけしからん騒ぎを鎮圧《ちんあつ》してもらおうと警官をせきたてます。かたや冗談好きの人たち、たぶん、ただ冗談が好きなだけではないでしょうが、彼らはネコのほうを熱烈に支持し、ネコの鳴きまねで加勢します。

「ミャオ！　ミャオ！」

ネコもたくさん集まってきて、やっかみ半分、くやしさ半分で自分たちの仲間に向かってほえたてます。ときどき、そのうちの何匹かが感染し、ミャーミャー鳴き始めるので、野犬捕獲員はすぐさま飛びかかって袋詰めにしていきます。

消防士を呼んで木に火を放ち、しつこいミャゴり屋を下りてこさせるしかありませんでした。というわけでヤジうまは、ちょっとした火事騒ぎも見られ、満足して家へ帰りました。

ミャゴるネコは全部で二十匹近くにのぼりました。すべて精神科の病院へ送られました。彼らなりに真実の声をあげたので、病気のネコと言わざるをえません。病院の院長は彼らをどこに入れたらいいのか、頭をかかえてしまいました。さんざん考えたあげく、みんなまとめてカリメーロ・ラ・カンビアーレの個室に同居させることにしました。こんな仲間がふえても密告屋が喜ぶはずはありません。不幸をまねいた原因が目の前をうろちょろしているのですから！　二時間で彼は本当におかしくなり、ミャーミャー鳴いたり、のどをゴロゴロさせて甘え声を出すようになりました。自分もネコだと思いこんでいる様子で、うっかり者のネズミが部屋の中を通り抜けようとしたところを、真っ先に飛びかかっていったのは彼でした。ネズミはしっぽを食いちぎられ、命からがら、巣穴へ逃げこみました。

ゾッピーノがこれだけの情報を集め、ジェルソミーノに報告しに家へ帰る途中、ジェルソミーノの故郷のカンツォーネを歌いだすテノールの声が聞こえてきました。あれを何曲か歌ったばっかりに本人はひどい目にあったのでした。

〈今度は新しい足も入れて四本全部、賭けてもいい〉とゾッピーノは思いました。〈ジェルソミーノは眠って夢を見てるに違いない。急がないと警官のほうが先に着いちゃうぞ〉

家の入り口には、すごい人だかりができていて、みな一心不乱に聴き入っていました。誰も身動きひとつせず、口をきく人もいません。ときどき近所の家のガラスが粉々に砕け散りましたが、誰かが顔を出して文句を言うわけでもありません。えもいわれぬ美しい歌声がみんなに魔法をかけてしまったようでした。ゾッピーノはその中にまぎれこんでいた二人の若い警官が、みんなと同じように、うっとりした表情を浮かべているのに気がつきました。みなさんもご承知のとおり、警官たちはジェルソミーノの逮捕命令を受けていました。でもこの二人には従う気などまったくなさそうです。残念なことに、ほかの警官が現場に到着するところでした。隊長はムチを振り回し、群衆をかき分けて進んでいきます。きっと耳が鈍感なんでしょう、ジェルソミーノの音楽に心を動かされることはありませんでした。

ゾッピーノは大急ぎで階段を駆け上がり、稲妻のように屋根裏部屋へ飛びこみました。

「起きろ！　起きるんだ！」ジェルソミーノの鼻の下をしっぽでくすぐりながら、大声で言いました。「演奏会はおしまいだ。警察が来るぞ」

ジェルソミーノはハッと起きると、ゴシゴシ目をこすって聞きました。

「ここはどこ？」

「ぐずぐずしてたら、もうじきどこにいることになるか教えてやるよ」ゾッピーノは答えました。「ブタ箱さ」

「僕、また歌っちゃった？」

「来るんだ、屋根をつたって逃げよう」

「君はネコだから簡単に言うけど、こっちは屋根瓦の上を飛び跳ねるのに慣れてないんだ」

「僕のしっぽに、つかまればいい」

「どこへ行く？」

「とにかくここを出るんだ。どこかへ行き着くさ」

ゾッピーノが先に部屋の窓から下の屋根に飛び下りたので、ジェルソミーノはめまいがしないように目をつぶって、あとについていくしかありませんでした。

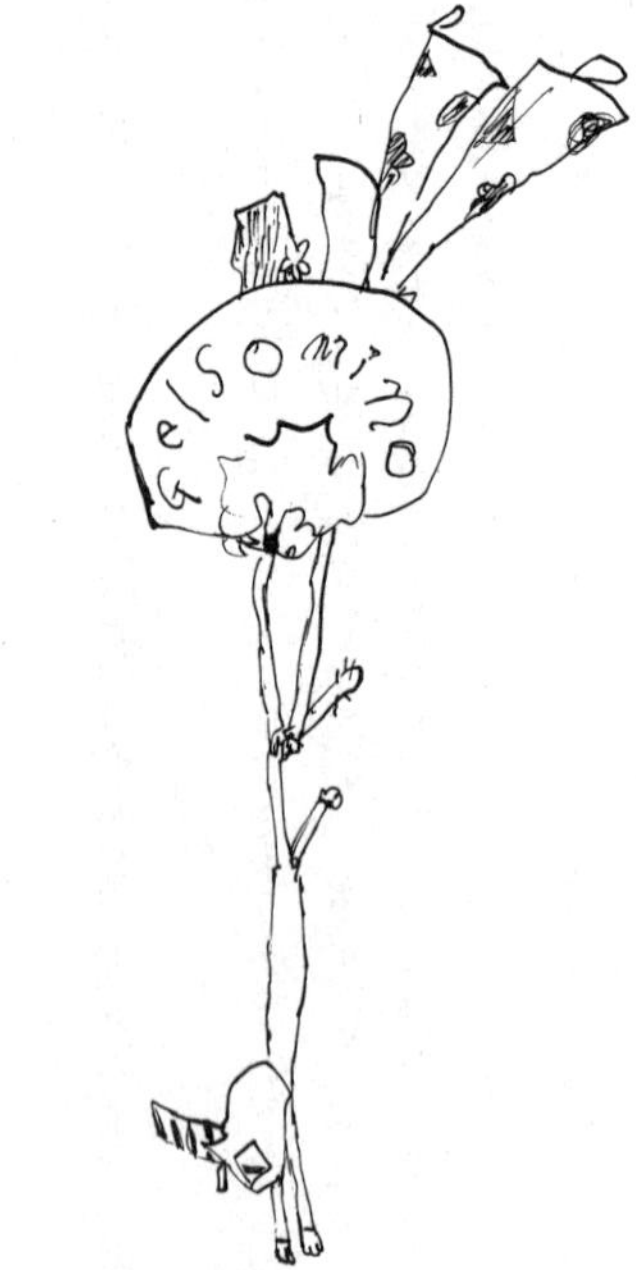

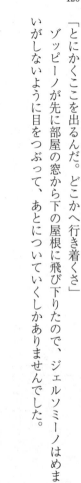

第十四章　立ちっぱなしベンヴェヌートの生い立ちと彼の身に起きたこと

運よく市内のこのあたりはどんどん家が建ち並び、缶詰めのアンチョビよりも、ギュウギュウにひしめき合っていたので、ジェルソミーノはゾッピーノにはげまされ、難なく屋根から屋根へと飛び移りました。ゾッピーノのほうは、もう少しだけ屋根どうしの間が広ければ、ジャンプしがいがあるのにと思いました。ところが突然、ジェルソミーノが足をすべらせ、ベランダへ落っこちてしまいました。ちょうど老人が花に水をやっているところでした。

「おじゃましてすみません」ジェルソミーノは打ったひざをさすりながら、大きな声で言いました。「こんなふうにお宅に落ちてくるつもりは、これっぽっちもなかったんです」

「あやまることはありませんよ」老人はやさしく答えました。「うちを訪ねてくれて、うれしいな。それよりケガはありませんでしたか？　どこも折れてないといいんだが」

ゾッピーノは屋根から身を乗りだして聞きました。「下りてもいいですか？」

「おや、またお客さんだ」老人は楽しそうに言いました。「どうぞ、どうぞ、お客さんは大歓迎です」

ジェルソミーノのひざは、みるみる腫《は》れてきました。

「ただ、申しわけないんだが」と老人は続けました。「らくにしてもらいたくても、うちには椅子が一つもないんだ」

「ベッドに寝かせたら？」ゾッピーノは言ってみました。「もし、それでもかまわなければ」

「困ったな」老人はすまなさそうに言いました。「うちにはベッドもないんだ。となりへ行ってひじかけ椅子を借りてこよう」

「そんな、いいですよ」ジェルソミーノはあわてて断りました。「床の上だって、ちっともかまいません」

「中へお入りなさい」老人がすすめました。「床に座ってもらうしかないが、君たちにおいしいコーヒーをいれてあげよう」

部屋は狭くても掃除が行き届き、趣味のよい家具がぴかぴかに磨《みが》いてあります。テーブルに食器棚にクローゼット。ところが本当に椅子とベッドだけがありません。

「あなたはいつも立ってるんですか？」ゾッピーノがたずねました。

「しかたないんだ」と老人は答えました。

「全然、眠らないんですか？」

「立って眠るんだよ、ときどきね。でもめったにないな。一週間に二、三時間眠るくらいだ」

ジェルソミーノとゾッピーノは、まるでこう言いたそうに顔を見合わせました。

〈ここにも一人、大ぼら吹きがいるぞ〉

「失礼ですけど」またゾッピーノがたずねました。「お歳はいくつですか？」

「正確にはわからないんだ。生まれたのは十年前なんだが、七十五、六にはなってるな」

お客の顔を見れば、どうしても信じられないでいるのが老人にもわかります。ため息をついて彼は言いました。「うそをついてるんじゃないんだ。信じられない話だが本当なんだよ。もし聞きたいなら、コーヒーができるまでの間、話してあげよう」

「私の名前はベンヴェヌートというんだ」と彼は話しはじめました。「でもみんなから、立ちっぱなしベンヴェヌートと呼ばれてる……」

ベンヴェヌートの父親は、古着屋をしていました。ベンヴェヌートほど元気で活発な子どもは、誰も見たことがありませんでした。実際、まだ名前も決まらないうちから、ベンヴェヌートはもう、うぶ着を脱ぎ捨て、家の中を走り回っていました。夜、赤ん坊を寝かしつけると、朝にはゆりかごが小さすぎて、足がはみ出してしまいました。

「どうやら早く大きくなって、家族を助けるつもりらしい」とお父さんは言いました。

夜、彼を寝かしつけると、翌朝には服がきつくなり、靴も窮屈になって、シャツはもう着られなくなっていました。

「しかたないわね」お母さんは言いました。「幸いうちは古着屋だから、古い布ならいくらでもあるわ。新しい服を縫ってあげよう」

一週間でベンヴェヌートは大きくなり、近所のおばさんたちは、もう学校へ入れるころだと言いました。古着屋の奥さんが子どもを小学校の先生のところへ連れていくと、すごい剣幕《けんまく》で怒られました。

「なぜ新学期の初めに連れてこなかったんです？　もうすぐ復活祭ですよ。今ごろ入学を許可できるわけないでしょう」

　母親がベンヴェヌートは生まれてまだ七日目だと説明すると、先生はもっと腹をたてました。

「七日ですって？　奥さん、私は子守《こもり》じゃないんです。六年後にいらっしゃい。そのとき、またお話ししましょう」

　ところがようやく先生が名簿から顔を上げたとき、ベンヴェヌートはクラスの生徒の誰よりも大きくなっていました。先生は彼を一番後ろの席に座らせ、2かける2は4です、と説明に戻りました。

　お昼のチャイムが鳴ると子どもたちはみんな席から飛び出し、教室の出口に列を作って下校の用意をしました。ベンヴェヌートだけは席から立とうとしません。

「ベンヴェヌート」先生は呼びかけました。「君も来て、列に並びなさい」

「できないんです、先生」

　それもそのはず、朝の八時から昼の間にものすごい勢いで成長したので、机が窮屈になっていたのです。抜け出すのを手伝ってもらうのに、用務員さんを呼ばなければなりませんでした。

次の日の朝、もっと大きな机の前に座らされましたが、昼になるとベンヴェヌートは席を立つことができませんでした。その机も窮屈になっていたのです。まるで檻に閉じこめられたネズミのようです。大工さんを呼んで、机のクギを抜いてもらわなければなりませんでした。

「明日は五年生の机を借りてこよう」先生は頭をかいて言いました。

高学年用の机が教室に運びこまれました。

「これで間に合うかな?」

「余裕です」ベンヴェヌートはうれしそうに返事をしました。そして本当にゆとりのあるところを見せようと、何度か席を立ったり座ったりしました。ところが腰かけるたびに立ち上がるのが大変になり、お昼のチャイムが鳴るころにはその机も小さくなって、また大工さんを呼ばなければなりませんでした。

校長先生と市長から抗議が来はじめました。

「何が起きたんですか、先生? いったい、どんな指導をしているんです? 今年になって、まるでピーナッツの殻《から》でも割るみたいに次々と机が壊されてる。こうなったら、子どもたちをしっかり監督してもらわないと。毎日、机を買う余裕なんて市にはありませんよ」

古着屋は市内で一番有名な医者のところへ息子を連れていき、事情をくわしく説明しました。

「どれどれ、診てみよう」先生はよく観察するためにメガネをかけました。ベンヴェヌートの身長と肩幅を測ります。

「それでは」と医者は言いました。「腰かけてごらん」

ベンヴェヌートが椅子に腰を下ろすと、先生は一分間待って彼に言いました。

「立って」

ベンヴェヌートは立ち上がり、先生は身長と肩幅を測り直しました。

「ふーむ」医者はよく見えるように、念入りにハンカチでメガネをふきながら言いました。「もう一度、腰かけて」

こんなことを何度もくり返し、医者はようやく診断を下しました。

「非常に興味深い症例です。この男の子は、今まで誰もかかったことのない新型の病気をわずらっています。この病気の症状を説明しましょう。座っていると、彼はあっという間に年をとります。一分は彼にとって一日なのです。治療法はこうです。いつも立っていること。さもないとほんの数週間でしらが頭の老人になってしまうでしょう」

医者にこう宣告されてから、ベンヴェヌートの生活はすっかり変わってしまいました。学校では彼専用に特別な机が作られました。座りたいという気がこれっぽっちも起きないように椅子のない机です。家では立って食事をしなければなりませんでした。ほんのちょっとでも暖炉の縁石《ふちいし》に腰かけて休もうとすると大変です。

「気をつけなさい、早く年をとりたいの？」

「ほら、立って、髪が白くなってもいいの？」

じゃあ、寝るときは？

ベッドなしで寝ます。目がさめて白いひげになっていたくなかったら、ベンヴェヌートは馬のように立って寝るのに慣れなければなりませんでした。近所のおばさんたちが彼を立ちっぱなしベンヴェヌートと呼んだのには、そんないきさつがあったのです。そのあだ名は生涯、彼についてまわりました。

ある日、古着屋をしていた父は病気になり、もう長くはありませんでした。「ベンヴェヌートよ」永遠の眠りにつく前に、彼は息子に言いました。「今度はお前が母さんをささえる番だ。母さんは年をとって働けない。まっとうな仕事を探すんだよ。どっちみち働くのは苦にならんだろう。仕事をしていれば若いままでいられるんだ。座ってるひまがないからな」

　葬儀の翌日、ベンヴェヌートは仕事を探しにいきましたが、みんな面と向かって彼を笑いました。

「坊ちゃん、仕事だって？　ここはボール遊びやおもちゃのボーリングをするところじゃないんだよ。お前さんは工場で働くには小さすぎるし、年も若すぎる」

「仕事？　君を働かせたりしたら、罰金を取られちゃうよ。子どもを働かせるのは禁じられてるんでねぇ……」

　ベンヴェヌートは反論はしませんでしたが、何かいい方法はないか考えていました。家へ帰り、鏡の前に座って待ちました。

「お医者さんは、座っていると年をとるって言ってたな。本当かどうかちょっと、ためしてみよう……」

　何分か経つと自分が成長しているのがわかりました。靴がだんだんきつくなってきたのです。彼は靴を脱ぎ捨て、足が伸びていくのをじっと観察していました。もう一度鏡を見ると、彼は初めのうち、あっけに取られました。

「鼻の下に黒いひげを生やしてるあの若者、僕を見てるけど、いったい誰だろう？

知ってる人のような気がする。どこかで見たような顔だなあ……」

ようやく誰だかわかって、どっと笑いだしました。

「僕じゃないか、本当にあっという間に成長しちゃったなあ。もう立ち上がらなきゃ、これ以上、年をとるのはいやだし……」

お母さんのびっくりした顔を想像してみてください。目の前にいる大柄でがっしりした若者は、巨人のように低い声でしゃべり、警察の巡査部長みたいなりっぱな口ひげまで生やしています。

「ベンヴェヌート、私の息子よ、なんとまあ変わってしまって！」

「よかれと思ったんだよ、母さん。これで僕はもう働ける」

そしてそれ以上職探しはせずに、倉庫から父親の手押し車を出してきて、大きな声で叫びながら通りへ出かけていきました。

「古着、買い取りまーす！　使い古しの布はありませんかー」

「なんてりっぱな若者だろう！　どこから来たの？」威勢《いせい》のいい声につられて戸口に出てきたおばさんたちは、彼にたずねました。

「立ちっぱなしベンヴェヌートかい！　本当にあんたなの？」

「僕だよ、おばさん。椅子に腰かけたまま眠っちゃって、目がさめたらひげが生えてたんだ」

　こうしてベンヴェヌートは働きはじめたのです。彼は誰からも愛されました。いつも立っていて、つねに元気いっぱいで、困っている人には、すぐに手を差しのべ、働いてばかりいるのですから、好かれないはずがありません。一度は市長になってほしいとまで言われました。

「君みたいな人が必要なんだ、あんまり市長の椅子にしがみつかない人が……」

　しかしベンヴェヌートはその役目を断りました。


　数年後、お母さんが亡くなり、ベンヴェヌートは考えました。

〈これでもう本当に独りぼっちだ。どうせただ座ってるわけにはいかないんだ、そんなことしてたら年寄りになっちゃうし、だったら広い世界へ出ていって見聞《けんぶん》を広めたほうがいい〉

　で、そうすることにしました。手押し車にありったけの古着を積みこんで、あちこち旅をしました。疲れも知らず昼も夜も歩き続け、たくさんのものを見て、いろんな人と話しました。

「あなたは本当に気持ちのいい若者だ」みんなは彼に言いました。「ちょっと座っておしゃべりでもしませんか」

「おしゃべりなら立ってでもできますよ」とベンヴェヌートは答えました。

歩いても、歩いても、彼は決して年をとりません。あるとき、粗末な家の前を通りかかり、そこで見た光景に彼の胸は締めつけられました。女の人が病にふせっていて、それを取り囲むように、子どもたちは床に座ったまま、まるで泣き声くらべをしているようでした。

「そこの若い人……」彼を見るなり女の人は頼みました。「おひまなら、ちょっとお入りくださいな。子どもたちを泣きやませたくても、私はここから動けません。この子たちが涙を流すたびにナイフで胸を突かれる思いです」

ベンヴェヌートは中へ入って子どもの一人をだっこし、部屋を行ったり来たりしながら寝かしつけました。ほかの子にも同じようにやってみました。ところが最後に残った一番小さな男の子だけは泣きやみません。

「ちょっと腰を下ろしてごらんなさい」女の人は言いました。「そして抱っこしてみて。あなたが座れば、じきに眠りますよ」

ベンヴェヌートは暖炉のそばへ行き、そこにあった腰かけに座ると、間もなく男の子は泣きやみました。本当にかわいらしい子で、ほほえむと部屋の中がパッと明るくなります。ベンヴェヌートは笑わせようと百面相《ひゃくめんそう》をしたり、子守唄まで歌ってあげ、ようやくその子は寝つきました。

「本当に心からありがたく思っています」女の人は言いました。「あなたが通りかかってくれなかったら、私は絶望のあまり命を断つところでした」

「冗談でもそんなことは口にしちゃいけません」と彼は言いました。帰りがけにふと暖炉の上に掛かっている鏡を見ると、しらが一すじ生えているのが目に入りました。

〈座ってると年をとるんだった〉ベンヴェヌートは思い出しました。でもすぐに、まあいいか、と肩をすくめ、子どもたちの寝顔を見て表に出ました。

その次は、夜中に村の細道を歩いていて、明かりのついた窓を見たときのことでした。娘がウールの布を織るための機織《はたお》り機の前に座っています。手を動かしながらため息をついては、ぼやいていました。

「どうかしましたか？」ベンヴェヌートはたずねました。

「もう三日も寝ていないんです。明日までにこれを仕上げないといけないのに。もし間に合わなかったら賃金をもらえず、家族がおなかを空かせてしまいます。それに織り機も取りあげられてしまうでしょう。ほんの半時間でも横になって休めるなら、いくらお金を払ってもいいわ」

〈半時間って、たったの三十分だ〉ベンヴェヌートは考えました。〈三十分、座って布を織るくらいなら僕にもできそうだぞ〉

「どうでしょう」彼は言ってみました。「あなたは寝ててください。代わりに僕が織りましょう。そんなにりっぱで精巧な機械を見たら、僕もやってみたくて、しかたがありません。三十分したら、起こしてあげますよ」

娘は長椅子に横になると、まるで子ネコのようにすぐに眠ってしまいました。ベンヴェヌートは代わりに織りはじめましたが、どうしても彼女を起こす勇気が出ませんでした。呼びにいくたびに、なんだかとても楽しい夢を見ている様子だったからです。

夜が白々と明けてきたころ、娘は目をさましました。

「一晩中、私を寝かせておいてくれたんですね」

「いいんですよ、僕だって楽しかったんだから」

「頭にホコリまでかぶってるわ」

〈さて、どれだけ年をとったんだろう?〉とベンヴェヌートは思いました。でも少しもがっかりしませんでした。織物が仕上がって、彼女は世界一、幸せで晴れやかな顔をしていたからです。

またその次に、ベンヴェヌートは今にも死にそうな気の毒な老人に出会いました。「くやしいなあ」老人はため息をついて言いました。「死ぬ前に思いっきりトランプをやれないのが心残りだ。友達はみんな、わしより先に死んでしまったんでな」「そんなことなら」とベンヴェヌートは言いました。「僕でもブリスコラゲームぐらいはできますよ」

二人はゲームをはじめ、ベンヴェヌートが立ったままでいると、老人は文句を言いました。「君は立ってるから、わしのカードが丸見えだ。そうまでして勝ちたいのか。わしをあわれな年寄りだと思って甘く見てるな」

ベンヴェヌートは椅子にドンと腰かけ、ゲームが終わるまでずっと座っていました。彼は頭が混乱してカードの手を間違え、ゲームに勝った老人はうれしそうに、もみ手をしていました。まるで誰にも見つからずに、まんまと梨を盗んだいたずら小僧みたいです。

「もうひと勝負しよう」老人はうきうきして言いました。

ベンヴェヌートはできれば椅子から立ち上がりたかったのです。そこにいたら何日、何ヵ月、もしかしたら何年奪われるか、わかったものではありません。でも気の毒な老人をがっかりさせるのは忍びない気がしました。彼はそこに座ったまま、二回戦も負けました。そして三回戦です。老人は夢中になって、心なしか若返ったようです。

「この人が若返ったぶん、僕が年をとってる」ベンヴェヌートは老人の部屋にある鏡をのぞきこみながらつぶやきました。まるで髪に雹《ひょう》が降ったみたいでした。「しょうがないな。この人はずっとブリスコラで勝つのを夢見てたんだから」

こうして人助けのために腰を下ろすたび、われらがベンヴェヌートの髪は白くなり、風にしなる樹木のように背中は曲がり、目も悪くなりました。立ちっぱなしベンヴェヌートもやがて年をとり、とうとう黒髪は一本もなくなりました。彼の生い立ちを知る人はよく言ったものです。

「よいおこないをしたのに、とんだご利益《りやく》だね！　自分のことだけ考えていれば、今ごろはまだ元気な若者で、スズメみたいにチュンチュン飛び跳ねていただろうに」

立ちっぱなしベンヴェヌートはこんな話には耳を貸しませんでした。しらがの一本、一本がよいことをした思い出だからです。悔《く》やむ理由がどこにあるでしょう？「自分の人生は自分のために取っておいて、みんなに分け与えなくたってよかったのに……」おばさんたちは彼に言いました。

ベンヴェヌートは笑いながら首を横に振り、しらがの数だけ友達ができたんだ、と思いました。その友達は地球上に数えきれないほど散らばっています。みなさんは友達がたくさんいますか？　彼みたいにたくさんいたらいいな、と思いますか？

それに彼は旅をしても疲れることはありませんでした。今は杖《つえ》をつき、たびたび立ち止まって、ひと息つかなければなりませんが。そんなふうに旅をしていたとき、うそつき王国にたどり着いたのでした。そこで自分の父親と同じように古着屋をしながら生計を立てています。

「いろんな国があるのに」とゾッピーノは話の途中でたずねました。「住むならほかにもっとましな国を選べなかったんですか？」

立ちっぱなしベンヴェヌートは、にっこりしました。

「ここは人々が助けを必要としているからさ。確かにこの国は地上で一番不幸せな国だ。だから私にぴったりの場所なんだよ」

「これだ」目に涙をためて老人の話を聞いていたジェルソミーノが叫びました。「目ざすべき道はこれなんだ。今やっと、この声をどう生かすべきだったかわかったよ。あっちこっちへ行って災いを起こしてる場合じゃなかったんだ。周りの人の力になるために、この声を使うべきだったんだ」

「それは無理だったんじゃないかな」ゾッピーノが言いました。「もし君が子どもたちに子守唄を歌ったら、眠るどころじゃなかったよ」

「時には眠っている人を起こしてやるのも、いいおこないだね」ベンヴェヌートはやさしく言いました。

「そのへんのことは、なんとか解決してみるよ」ジェルソミーノは床をたたいて宣言しました。

「とりあえず」とゾッピーノが言いました。「ひざの手当てをしないとね」

確かにジェルソミーノのひざは、ますます腫れがひどくなっていました。歩くことも、立っていることもできません。治るまでベンヴェヌートの家に泊めてもらうことになりました。ベンヴェヌートはほとんど眠らないので、ジェルソミーノがうとうとしている間、見守っていられますし、歌いださないよう見張ることもできます。でないとまた警官がやって来てしまいますから。

第十五章　バナニートは刑務所に入り、鉛筆一本で朝食を作ります

ちょっとだけ、みなさんに記憶をさかのぼってもらうと、バナニートは何かいいことがないかと思って、朝早くから家を出ていました。特にこれといった計画もなく、とにかく自分の腕前を見てもらえることをやりたくて、うずうずしていました。

街はちょうど目ざめたばかりです。清掃員がホースの水で道路を洗い流します。自転車で工場へ働きに行く人と冗談を言い合っては、いつも彼らにシャワー攻撃をしかけます。陽気でのどかな朝のひとときです。バナニートは歩道に立ち止まりました。すばらしい考えがひらめいたのです。においまで漂《ただよ》ってくるようでした。まるで彼の周りで、敷石の間から何百万というスミレの花が突然、咲きだしたみたいです。

「やることが見つかったぞ」彼の心は決まりました。

工場の門の近くにいた彼はその場で歩道にしゃがみこみ、箱からチョークを取り出して仕事に取りかかりました。

彼の周りには、あっという間に工員の人だかりができました。

「絶対そうだよ」一人が言いました。「帆船《はんせん》か、後光《ごこう》のさしてる聖人でも描くつもりだ。でも帽子をくわえて施《ほどこ》しを集める犬はどこだろう?」

「前にこんなことがあった」もう一人が言いました。「絵描きが地面に赤い線を描いたんだ。見物人はみんな知恵をしぼって、それが何なのか考えてた」

「で、何だったんだ?」

「見物人が直接、絵描きに聞いたら、こう答えたんだ。この線の上を歩くんじゃなくて、下をくぐれる人がいたらお目にかかりたいね。そして帽子をかぶって、行っちゃった。ちょっと変わり者だったに違いない」

「でもこの人は、そうじゃないぞ」誰かが言いました。「見てみろ」

バナニートは絵から顔も上げず、ものすごい勢いで描いているので、手の動きを目で追っていくのが大変です。そして彼の頭に浮かんだとおり、歩道にはみごとなスミレの花畑がみるみるうちにできあがっていきました。ただの絵ですが、あまりに美しいのでだんだんと本物の花の香りがしてきました。

「なんだか本当にスミレの香りがするみたいだ」工員の一人がつぶやきました。

「スミレじゃなくてズッキーニって言えよ。でないとぶちこまれるぞ」仲間が注意しました。「でも本当だ。花の香りがする」

バナニートの周りはシーンと静まり返りました。敷石をやわらかくこするチョークの音が響き、スミレ色の線が引かれるたびにスミレはますます香りを放ちます。工員たちは感動していました。手に持った昼食の紙包みを右や左へ持ちかえたり、自転車のタイヤに空気がじゅうぶんあるか確かめるふりをしたりして、バナニートの手の動きをじっと見守り、鼻の穴を広げて心を元気にしてくれる花の香りを吸いこんでいました。

仕事の始まりをつげるサイレンが鳴っても、誰も工場へ入ろうとしません。〝すごい！　すごい！〟と、ささやく声が聞こえます。バナニートが見上げると、見物人と目が合いました。みんなの感心したまなざしに、彼は気おくれしてしまいました。あわててチョークを拾い集め、その場を離れました。

工員の一人が彼を追いかけてきました。

「いったい、どうしたんだ？　なぜ逃げる？　もうちょっといたら、みんなでポケットの金を出しあって、あんたにあげたのに。あんなすてきな絵は今まで見たことないよ」

「ありがとう」バナニートは口ごもって言いました。「ありがとう」

そして独りになろうと、通りを渡りました。

胸は激しく高鳴って、まるで懐《ふところ》に子ネコを飼っているみたいに上着の心臓のあたりがパタパタ動いてみえるほどです。彼は天にものぼる気持ちでした！　次は何を描こうか考えがまとまらないまま、ずいぶん街を歩き回りました。アイデアを百も思いつきましたが、どれもボツになりました。

犬の姿を見て彼はようやく、これだ、とひらめきました。新しい考えが浮かぶと、その場で歩道にうずくまって描きはじめました。

通行人の中には、通りのこっち側からあっち側へ渡るしか、やることのない人が必ずいるものです。通行人のプロか、もしかしたら失業中の人かもしれません。ですからバナニートの周りにはまた何人か集まってきて、あれこれ感想を言いはじめました。

「ごらんなさい、じつに独創的だ。ネコを描いてますよ。まるでのらネコを見たくても、街じゃあまり見かけないみたいじゃないですか」

「これは特別なネコなんです」バナニートは言いました。

「聞きましたか？　特別なネコだそうですよ。たぶん、メガネでもかけてるんでしょう」

しっぽに仕上げの色がつき、バナニートの描く犬がうれしそうにほえながら四本の足で飛び出したとたん、おしゃべりはぴたりとやみました。人だかりから、おおっ、と驚きの声があがると、すぐに警官が飛んできました。

「どうした？　何があった？　ああ、見える、見える。いや、聞こえるぞ。ネコがほえてる。犬がミャーミャー鳴くだけじゃ足りないっていうのか！　飼い主は誰だ？」

質問に答えずにすむように、みんなクモの子を散らすようにいなくなりました。警官のそばにいた男だけが、気の毒に逃げ遅れました。腕をしっかりつかまれていたからです。

「あの人です」男は目を伏せたままバナニートを指さし、小声で答えました。

警官は男を解放し、バナニートを捕まえました。

「一緒に来てもらおう」

バナニートはすなおに従い、チョークをポケットにしまって、あいかわらず機嫌よく警官についていきました。犬のほうはしっぽを帆のようにピンと立て、もう、どこかへ歩き出そうとしていたようです。

警察隊の隊長から尋問があるまで、バナニートは留置場に入れられました。ところが何か描きたくて手がムズムズしています。小鳥を描くと、飛びたったものの、そばを離れようとしません。肩に止まって、やさしく耳をツンツンしてきます。

「わかったよ」とバナニートは言いました。「おなかが空いてるんだな」

すぐに小鳥にキビ粒を描いてやりました。そんなことをしていたら、自分も朝食がまだだったのを思い出しました。

「卵を二つ、バターで焼けばいいな。それにりっぱな黄桃《おうとう》を一つだ」

食べたいものを描くと、たちまち目玉焼きのにおいが部屋じゅうに広がり、扉の外へ抜けて見張り番の鼻をくすぐりました。

「うーん……うまそうだ」見張りの若者はそう言って、かすかなにおいものがすまいと、鼻の穴をうんと広げました。

ところが変に思って、留置場の監視窓を開けて中をのぞいてみました。囚人がさもおいしそうに食事をしているのを見てびっくり仰天、のぞきこんだままあっけに取られているところを警察隊の隊長に見つかってしまいました。

「けっこうなことだ！」隊長はかんかんに怒って、どなりつけました。「大いにけっこう！　近ごろでは囚人にレストランから出前を取ってやるのか」

「私はべつに……そんなことは……」見張りはしどろもどろです。

「君は規則を知らんようだ。水とパン、パンと水、それ以外与えてはならん」

「いったい、どうやったのか見当もつきません」見張りはようやくそれだけ言いました。「ポケットに卵を隠し持ってたんでしょう」

「そうか、じゃあコンロはどうなんだ？　私のいない間に設備を新しくしてるようだな。キッチン付き留置場か……」

　結局、隊長も部屋の中にコンロなどないのを認めざるをえませんでした。バナニートのほうは、このあと十五分は小言《こごと》を浴びる見張りが気の毒になって、どうやって朝食をこしらえたか、タネ明かしすることにしました。

「私をバカにしてるのか」信じられない様子で話を聞いていた隊長は言いました。

「もし私が舌ビラメの白ワイン風味を描いてくれと言ったら、どうする？」

　バナニートは返事もせずに紙切れを取り出し、注文された料理を描きました。

「パセリを散らしますか？　それともなしで？」手を動かしながら、たずねます。

「散らしてもらおうか」隊長はニヤニヤ笑って答えました。「よくここまで私をバカ扱いしてくれたものだ。描き終わったらその紙切れをお前に食わせてやろう、最後の一センチまでな」

ところがバナニートが描きおえると、食欲をそそる舌ビラメの白ワイン風味のにおいが紙から立ちのぼり、数秒後には目を丸くして驚いている隊長の前に料理が現れました。テーブルの上で湯気を出し、まるで〝食べて、食べて〟と誘っているようです。

「召しあがれ」とバナニートは言いました。「お食事の用意ができました」

「もう食欲がなくなったよ」隊長はショックからわれに返ってぼやきました。「舌ビラメは見張りが食べるだろうよ。お前は私と一緒に来るんだ」

第十六章　大臣になったバナニートを不運が襲います　なぜでしょう

警察隊の隊長はバカではありませんでした。それどころか、かなり抜け目のない人物でした。

〈この男は体重と同じ目方《めかた》の黄金《きん》くらい価値があるぞ〉バナニートを連れて王様の城へ向かう途中、彼は胸算用《むなざんよう》していました。〈もう何百キロか上乗《うわの》せしてもいいくらいだ。私はかなり大きい金庫を持ってるから、金塊が何キロかおさまったって悪かないさ。中は涼しいし、ネズミにもかじられない。王様はきっとたんまり、ほうびをくれるだろう〉

しかし彼の望みはかないませんでした。ジャコモーネ国王は事の次第を聞くと、画家を御前《ごぜん》へ引き出すように命じ、警察隊の隊長をおざなりにねぎらって、下がらせてしまいました。

「そなたの発見にほうびの勲章《くんしょう》を授《さず》けよう」

「勲章なんかもらったって」隊長は心の中で悪態をつきました。「そんなもの、なんになる？　もう二十四個もちょうだいしてるよ。どれもボール紙でできたやつだ。がたつくテーブルがあれば、傾きぐらいは直せるけどな」

彼には勝手にぼやかせておいて、もう、下がってもらいましょう。それよりもバナニートとジャコモーネ国王の会見の様子を見てみましょう。

画家は最高権力者の前に出ても、少しも臆《おく》することなく落ち着いて質問に答えました。視線はずっと、王の頭上に燦然《さんぜん》と輝くオレンジ色のみごとなかつらに注がれていました。それはまるで市場で見かける、かごに盛ったオレンジのようでした。

「何をそう、じろじろ見ておるのだ？」

「陛下、あなたのお髪《ぐし》に見とれております」

「これと同じものが描けるかな？」

ジャコモーネはバナニートが彼のハゲ頭に直接、美しい本物の髪を描けたらいいのにと、ひそかに願っていました。そうすれば寝る前にいちいち、かつらをテーブルに置かなくていいのです。

「もちろん、そんなにみごとには描けません」バナニートは王様を喜ばせようとして、そう答えました。じつのところ、大そうハゲを気に病んでいるかわいそうな男に同情していたのです。髪の手入れがわずらわしくて、すごく短く刈ってしまう人は大勢いますし、その人がどんな人かは髪の色とは関係ありません。たとえジャコモーネが漆黒《しっこく》の巻き毛だったとしても、悪名高い海の大泥棒に変わりはなかったでしょう。

ジャコモーネはため息をつき、新しい髪を描いてもらう考えは、ひとまず保留にしました。その代わり、偉大な王として歴史に名を残すために、バナニートの才能を最大限に利用することにしました。

「今からお前を動物園担当大臣に任命する」と画家に言い渡しました。「動物園はあっても、動物がおらん。お前が描くのだ。言っておくが、足りない動物があってはならんぞ」

〈牢獄《ろうごく》にいるより大臣になるほうがましだ〉とバナニートは考えました。大勢の見物人が見守るなか、日が暮れる前にありとあらゆる種類の動物を何百と描き、それぞれに命を吹きこみました。ライオン、トラ、ワニ、ゾウ、オウム、カメ、ペリカン。それに犬もです。マスティフ、グレーハウンド、ペキニーズ、ダックスフントがいっせいにほえる様子を見て、廷臣らは大騒ぎです。

「この先、どうなることやら」彼らは不満たらたらでした。「陛下が犬にほえるのをお許しになるとは。これでは法に反するではないか。このような悪《あ》しき例が目の前にあっては、国民は危険な考えを持ってしまう」

しかしジャコモーネはバナニートのじゃまをせず、何でも望みどおりにさせるよう命じていたので、廷臣たちはグッと訴えをのみこんで、がまんするしかありませんでした。

バナニートが絵筆をふるうにつれて、檻の中に動物がふえていきました。プールにはシロクマやアザラシやペンギン、園内の通りには、子どもたちを車に乗せて引くサルデーニャ産のかわいらしいロバもいます。

その晩、バナニートは屋根裏部屋に寝に帰ることができませんでした。王様が宮殿の一室を与え、彼が逃げだすのを恐れてドアの外に見張りを十人も置いたからです。

次の日、動物園ではもう何もすることがなかったので、バナニートは食料品担当大臣に任命されました。この国では国家文房具相《しょう》と呼ばれています。王宮の正面玄関前にテーブルが置かれ、必要な画材がすべて用意されました。人々は食べたいものを何でもバナニートに注文できます。

初めのうちは当てがはずれた人もいました。うそつき語でパンを注文しようとして、バナニートにインクを描いてくれとリクエストすると、彼はりっぱなインクびんを描いて、さっさとこう言ったからです。

「はい、次の人」

「これを、どうしろっていうんだ？」運の悪い人は文句を言いました。「飲めも、食べもできないじゃないか」

人々はじきに、バナニートに何かを注文するときは本当の名前、つまり禁じられた名前で頼まなくてはいけないと学習しました。

廷臣たちの騒ぎは頂点に達しました。

「ますますひどくなる一方だ」彼らは真っ青になって、ひそひそうわさをしました。「これは破滅への第一歩だぞ。今にもう誰もうそをつかなくなる。ジャコモーネ国王にいったい何があったんだ？」

風に飛ばされる心配のない髪を描いてくれと、いつバナニートに切りだそうか、ジャコモーネ国王は心の準備ができるのをずっと待っていました。それまでは何でも画家のやりたいようにさせていたので、異議をとなえても許されなかったでしょう。廷臣たちは苦虫を嚙みつぶしたような顔で不満をのみこんでいましたが、もはや不満で満腹状態です。

将軍たちも苦々しく思っていました。

「なんたるざまだ」彼らは息巻いています。「やっと、おかかえ画家ができたというのに、いったい何をやらせてる？　オムレツにローストチキン悪魔風、袋入りのフライドポテトに板チョコ、そんなものを描かせてるだけじゃないか。必要なのは大砲だろう、大砲だ。無敵の軍隊を作って王国の領土を広げるのだ」

中でも一番戦争好きな将軍はジャコモーネに直談判《じかだんぱん》に行きました。老いた海賊は彼の考えを聞いて、ふつふつと体の血がたぎってくるのを感じました。

「大砲か」彼は熱をおびた口調で言いました。「そうとも大砲だ。それに戦艦、戦闘機、飛行船も必要だ。魔王ベルゼブブの角《つの》め、すぐにバナニートを呼んでこい」

忠臣たちが魔王ベルゼブブの角という言葉を聞くのは何年ぶりだったでしょう。それはかつてジャコモーネが甲板の船橋《せんきょう》に立ち、突撃の前に手下をふるい立たせていたころのお気に入りの呪《のろ》い文句でした。

食糧の支給は直ちに打ち切られ、バナニートは王様と参謀《さんぼう》の前に引き出されました。壁には大きな地図が何枚か掛かり、勝利目標に印をつける小旗の入った箱を召使いたちが持ってきました。

彼らが激しく議論を戦わせている間、バナニートは口出しせずにおとなしく聞いていました。ところが彼のやり方で大砲を造るよう紙と鉛筆を渡されると、真ん中に活字体ではっきり〝お断り〟と書き、全員が読めるように部屋じゅうを見せて歩きました。

「みなさんがた」そのあとで彼は言いました。「もし頭をスッキリさせるために、おいしいコーヒーをお望みなら、一分とかからずにご用意いたしましょう。キツネ狩り用に人数分の馬が必要なら純血種を描いてさしあげましょう。でも大砲はお忘れいただかなくてはなりません。私に描かせようとしても、むだです」

大混乱が起きました。みんながわめき声をあげ、テーブルを握りこぶしでドンドンたたきました。ジャコモーネだけは自分の手を痛めないように召使いをそばに呼び、背中に一発、大きなパンチを食らわせました。

「首だ、首だ」叫び声がします。「首をはねてしまえ」

「こうしよう」ようやくジャコモーネが言いました。「首をはねる代わりに、考え直す時間をやろうじゃないか。どうやらこの男は天才であるがゆえに、常軌《じょうき》を逸《いっ》したところがあるらしい。何日か病院に入れておこう」

あまりにも手ぬるい処分に廷臣たちはぶつぶつ言っていましたが、ジャコモーネに髪の毛をあきらめる気がないのを承知していたので、みんな、だまってしまいました。

「しばらくは」とジャコモーネは話を続けます。「この男に鉛筆も絵筆も握らせてはならんぞ」


こうしてバナニートもまた、精神科の病院にある隔離《かくり》部屋に入れられてしまいました。紙も鉛筆も絵の具も絵筆も持たせてもらえませんでした。レンガやチョークのかけらすらありません。壁には詰め物がしてあります。絵の具の代わりに自分の血で描くなら話はべつですが、バナニートが新たな傑作を生みだすのは当分おあずけでした。

彼は頭の後ろに手を組んで板張りのベッドの上に寝ころび、真っ白な天井をながめていました。ところがその天井にイメージが次々と映しだされ、どんどん美しさに磨きがかかっていきます。それは彼が病院を出たら創作するはずの絵でした。バナニートは出られるのを一瞬たりとも疑っていませんでした。彼は正しかったのです。というのは、すでに誰かさんが救出に向かっていたからです。その誰かさんの名前は、もうみなさんの舌の先まで出ているでしょう。ゾッピーノです。

第十七章　おしまいにゾッピーノは落書きにかえります

ジェルソミーノがひざのケガを治すために、立ちっぱなしベンヴェヌートの家にいたころ、ゾッピーノはバナニートが大臣になったと聞き、パンノッキアおばさんとロモレッタを解放してもらうための嘆願書《たんがん》を持っていくことにしました。残念なことに王宮にたどり着くと、バナニートの幸運はすぐに沈んでしまうせっかちな月よりもあっけなく、彼のもとを去っていました。

「バナニートに会いたいなら精神科の病院へ行くしかないぞ」と番人は鼻で笑って言いました。「でも中へ入れてもらえるかな。お前の頭もどうかしてるなら、べつだが……」

ゾッピーノは病気のふりをするか、それともほかの方法で病院の中にもぐりこむかしばらく迷いました。

「前足に後ろ足、お前たちが頼りだ」彼はついに意を決しました。「今は全部で四本あるんだから、壁だって前より苦労しないで登れるだろう」

病院は陰気《いんき》な建物で、お城のように四角く、深く水を張った堀に囲まれていました。ゾッピーノはずぶぬれになるのを覚悟しなければなりませんでした。堀に飛びこんで泳いで渡り、壁をよじ登って、開いていた最初の小窓にしのびこむと、そこは調理場でした。コックも給仕係もみんな眠っていて、下働きの男だけが床の掃除をしていました。男はゾッピーノに向かってどなりました。

「シッ、シッ、あっちへ行け、泥棒ネコめ！　残り物なんか、ここにはないぞ」

じつはこのあわれな男は、いつもおなかを空かせていて、どんな残飯も残らずむさぼっていました。魚の最後の小骨一本までです。そして自分のぶんを横取りされまいと、ネコを追っ払おうとしてあわてて廊下へ出るドアを開けました。右も左も見渡すかぎり、入院患者のいる部屋が続いています。正確に言えば彼らは囚人で、頭がどうかしているのではなく、何度か真実を言うあやまちを犯したばかりに、運悪くジャコモーネの警察隊に聞かれてしまった人たちなのです。

頑丈な鉄格子だけで廊下とへだてられている部屋もあれば、ぶあつい鉄の扉で閉ざされた部屋もあり、そこには食事をさし入れるための監視窓しか付いていませんでした。

ゾッピーノはそのうちの一つに、パンノッキアおばさんのネコたちがいるのを見つけました。たまげたことに、フィード君もいました。それぞれ、頭をもう一匹のしっぽにあずけて眠っています。どんな楽しい夢を見ているのでしょう。ゾッピーノは彼らを起こす気になれませんでした。どっちみち、今は何もしてやれません。その部屋には、みなさんも知ってのとおり、カリメーロ・ラ・カンビアーレも閉じこめられていました。彼は眠るどころかゾッピーノを見るなり、ねだりはじめました。

「なあ兄弟、ネズミを捕ってきておくれ、君は自由の身なんだろ！　小さいのを一匹でいい！　もう何日もネズミを捕ってないんだ」

〈この人は本当に頭がどうかしているぞ〉彼のことを知らないゾッピーノはそう思って、監視窓を閉めました。

廊下の突き当たりに大部屋があり、そこで眠っている人は百人は下らないでしょう。その中にはパンノッキアおばさんとロモレッタもいました。もしも明かりがついていたら、ゾッピーノはたぶん二人に気づいたかもしれません。もしもパンノッキアおばさんが眠っていなかったら、前にゾッピーノを捕まえたときと同じように、しっぽをぐいっとつかんでいたかもしれません。ところが明かりは消えていて、ロモレッタも捕まったほかの人たちも、みな眠っていました。ゾッピーノは大部屋の中をつま先歩きで通り抜け、上へ行く階段に出ました。そしてさんざん捜し回ったあげく、やっとのことでバナニートが入っている隔離部屋を見つけました。

画家は頭の後ろに手を組んで、いずれものにする傑作の数々を夢見ながら、すやすやと眠っていました。その絵の一つに突然、裂け目ができました。みごとな花束の真ん中にネコの頭が現れ、ゾッピーノの声でミャーミャー鳴いています。バナニートは目をさまし、扉を見て、ずっと病院の中にいたのを思い出しました。ところが扉の監視窓が開いていて、小さな四角い穴からゾッピーノの頭がのぞき、夢からさめてもミャーミャーという鳴き声が聞こえます。

「バナニート！　バナニート！　もう、なかなか起きないんだから」

「おやおや、あれがゾッピーノのひげでないなら、この首をはねてくれ」

「起きろったら。そうだよ、ゾッピーノだ。僕に足を描いてくれたろ。とっても調子がいいよ」

そう言いながらネコは体をちぢめ、格子のすき間を通って部屋の中に下り、バナニートに走りよって、手をペロペロなめました。

「あんたを助けに来たんだ」

「ありがたいな。でもどうやって出よう?」

「まだ思いつかないけど。監視人からカギを盗んでこようか」

「起こしちゃうかもしれないぞ」

「扉をかじって外に出してあげようか」

「そうだな、十年かければ、鉄の扉に穴が開くかもしれないな。あれならうまく行くんだけど」

「あれって?」

「ヤスリだよ。ヤスリがあれば、あとはなんとかなる」

「じゃあ、大急ぎで探してくるよ」

「もっと簡単な方法があるんだが」とバナニートは言いました。「自分でヤスリを描くんだ。でもあの海賊ども、ちびた鉛筆すら残しておいてくれなかった」

「そんなことなら」とゾッピーノは力をこめて言いました。「僕の足があるじゃないか。三本はチョークで、一本は絵の具でできてるのを忘れないでよ」

「そうだったな、でも君の足がすり減るぞ」

ゾッピーノはそんな理屈にはおかまいなしです。

「ちょっとのしんぼうさ、いつでもあんたに描き足してもらえるんだし」

「どうやって窓から降りる？」

「パラシュートを描いてよ」

「堀はどうやって渡る？」

「ビニールボートを描けばいい」

　バナニートが脱出に必要な物をすべて描きおえると、ゾッピーノの右の前足はまるで切断されたみたいに短くなっていました。

「ほらね」ゾッピーノは笑いました。「名前を変えなくてよかったよ。ずっとピョコタンしてたし、今もピョコタンしてるんだから」

「すぐに新しいのを描いてあげよう」バナニートは言いました。

「時間がないよ。監視人が目をさます前に早く出よう」

　バナニートはヤスリでけずりはじめました。うまいことに彼の描いたヤスリは、バナナを切るより簡単に鉄に食いこみました。ほんの数分で扉に大きな穴が開き、われらの友は廊下に出ることができました。

「パンノッキアおばさんとロモレッタも助けにいこう」ゾッピーノが提案しました。

「それにネコたちのことも忘れちゃいけない」

ところがヤスリの音で監視人が起きてしまい、どこから聞こえてくるのか調べるために見回りはじめました。バナニートとゾッピーノの耳に、彼らがカツカツと足音をたてて廊下から廊下へ歩き回るのが聞こえてきます。

「なんとか調理場まで行ってみよう」ゾッピーノが言いだしました。「みんなを逃がすのが無理なら、せめて僕らだけでも助かろう。自由の身でいるほうが、囚《とら》われの身でいるより役に立つ」

彼らが調理場に現れたとたん、下働きの男はまたもやゾッピーノに食ってかかりました。

「さっき追っ払ったばかりだぞ、食い意地の張ったネコめ。まだおれの食べ物をねらってるのか？　さあ、来い、窓はあっちだ。そこから出ていくがいい。お前がおぼれ死ねば、バンバンザイだ」

男は頭に血が上っていてバナニートがいるのに気がつきませんでした。ネコしか眼中になく、自分のライバルだけを警戒していました。バナニートはパラシュートを装着し、ビニールボートを持ってゾッピーノをわきにかかえました。

「いくぞ！」

「そうだ、そうだ、とっとと行っちまえ」下働きの男はぶつぶつ文句を言いました。

「もう二度とここへ入ってくるな」

バナニートがジャンプした瞬間、男はやっと何かおかしいぞ、と気がつきました。

〈一緒にいたやつは、いったい誰なんだ?〉頭をボリボリかきながら考えました。でも面倒に巻きこまれたくなかったので、だまっていることにしました。おれは何も見ちゃいないし、何も聞いちゃいない。ゴミの山からキャベツの芯をつかんでかぶりつき、満足そうに口をもぐもぐ動かしました。

その少し前に、バナニートが逃げたことが発覚しました。病院の窓という窓から監視人が身を乗りだして叫びました。

「大変だ!　気をつけろ!　危険な患者が脱走したぞ!」

バナニートとゾッピーノはボートに身をかがめて両手で水をかき、堀を渡っていきました。もし立ちっぱなしベンヴェヌートが手押し車で待ちかまえていなかったら、彼らはあまり遠くへは逃げられなかったでしょう。ゾッピーノが何をする気なのか、ベンヴェヌートには察しがついていました。

「急いで、この下に隠れなさい!」年老いた古着屋は小声で言いました。彼らを手押し車に乗せ、上から古着を山のようにかぶせます。そして、あとを追ってきた監視人たちにいいかげんな方角を教えました。

「あっちです、ほら。あっちの方へ逃げていきました！」

「お前は誰なんだ？」

「私はあわれな古着屋です。立ち止まって、ひと休みしてたところです」

そして本当に疲れていると思わせるために、手押し車の握り棒の片方に腰を下ろし、パイプに火をつけました。かわいそうなベンヴェヌート。そんな姿勢でいたら、またしらがふえ、ほんの数分でどれだけ年をとってしまうか、じゅうぶんすぎるくらい承知していました。でも彼はそういう人なのです。

〈私が年をとっても、そのぶん誰かが長く生きられる〉と彼は思いました。〈生死をつかさどる神様だって、差し引き変わらないってわかってくれるさ〉

そして監視人に向かって煙を吐き出しました。

困ったことに、ちょうどそのときゾッピーノの鼻がムズムズしてきたのです。彼が埋もれている古着の山はホコリだらけで、これをいいにおいと言うのはサイぐらいでしょう。ゾッピーノはくしゃみの音を消すために、前足で鼻をおさえようとしましたが、今や片方しかないのを思い出したときには、もう遅かったのです。ものすごいくしゃみが出て、もうもうとホコリが舞いあがりました。

ゾッピーノは手押し車の外に飛び出し、一目散に逃げました。バナニートが見つからないようにするためです。

「あれは何だ？」監視人がたずねました。

「犬ですよ」ベンヴェヌートは答えました。「古着にまぎれこんでたんです。ほら、あっちへ逃げていきますよ」

「逃げるってことは」と彼らは言いました。「やましいことがある証拠だ。やつを追いかけよう」

靴の金具の音と、注意を呼びかける監視人の声を聞いてゾッピーノはやった、と思いました。「連中が僕を追いかけてくれれば、ベンヴェヌートやバナニートのことは、もう放っておくだろう」

ゾッピーノは街の中を突っ走り、監視人が舌を出してぜいぜい言いながら追ってきます。王宮の広場が見えてきました。てっぺんに登って、のんびり一夜をすごした円柱があります。

「あと、ひとっ飛びだ」ゾッピーノは自分の足に言い聞かせました。「そうすれば助かるぞ」

足は期待に応えてくれましたが、勢いがつきすぎました。ゾッピーノは円柱にしがみついて、てっぺんに登るつもりでしたが、そのまま柱にめりこんでしまったのです。彼は柱に描かれた絵になってしまいました。三本足のネコの落書きです。そのときは、まあ、いいかと思いました。監視人たちは、そのあと始末書に書いているように、〝キツネにつままれて〟いたからです。

「どこへ消えちまったんだろう?」彼らは不思議に思いました。

「やつが円柱に飛びつくところを見たぞ」

「影も形もないな」

「あるのは落書きだけだ。ほら、見ろよ。どこかのいたずら坊主が、学校でちょろまかしてきたチョークでヘタくそなネコなんか描いてる」

「しょうがない、もう行くとするか。落書きはおれたちに関係ないもんな」

その間、ベンヴェヌートはときどき立ち止まってひと息つきながら、家まで手押し車を押して帰りました。あれからまた二、三度、握り棒に腰を下ろさずにはいられませんでした。疲れてどうしようもなかったのです。出かけたときは八十歳ぐらいでしたが、家のドアが見えたときには九十歳をとっくに超えていました。あごは胸にくっつき、目は幾重《いくえ》ものしわの奥に隠れ、声はかすれて、積もったホコリの下から聞こえてくるようでした。

「バナニート、起きてくれ。家に着いたよ」

案の定、バナニートは古着のぬくもりに包まれて、すっかり眠っていました。

第十八章　立ちっぱなしベンヴェヌートともこれで最後のお別れです

「何をしてる、古着に話しかけてるのか？」

バナニートを起こそうとしているベンヴェヌートの背後で、夜間警備員が立ち止まりました。

「古着にですって？」ベンヴェヌートは時間をかせごうとして聞き返しました。

「そうだよ。その片っぽだけの靴下に何か言ってるのが、ちゃんと聞こえた。穴の数でも数えてたのかい？」

「うっかり独り言でも言ってたんでしょう」ベンヴェヌートは低い声でボソボソ答えました。「なにしろ、ひどく疲れてて。この手押し車を一日じゅう押して歩いてたんです。この年にはこたえますよ……」

「そんなに疲れてるなら、ひと休みしたらどうです」警備員はいたわる口調になりました。「こんな時間に古着を売りたい人もいないでしょう」

「それじゃ座るとしましょう」ベンヴェヌートはそう言って、また握り棒の上にしゃがみこみました。

「かまいませんか？　私もちょっと腰を下ろしたいんですが」と警備員はたずねました。

「どうぞ、もう一方が空いてます」

「どうも。夜間警備員の仕事もつらいものでね。これでもピアニストになりたかったんです。いつも椅子に座って演奏し、いい音楽に囲まれて暮らす人生ですよ。学校の作文にもそのことを書きました。〝大人になったら何になりますか？〟っていう課題です。で、私はこう書いたんです。〝大人になったらピアニストになって、演奏会をしながら世界じゅうを飛び回り、拍手をたくさんもらって有名になります〟って。でも私は泥棒の間ですら有名になれなかった。だって一人も捕まえたことがないんですから。ところであなたは、まさか泥棒じゃありませんよね？」

ベンヴェヌートは首を横に振って、彼を安心させました。ツキのなかった警備員に何かなぐさめの言葉をかけてやりたかったのですが、もう力が残っていません。刻一刻と命が彼のもとを去ろうとするのがわかりましたが、そこに座ったまま話を聞いているのが精いっぱいでした。

　警備員はしばらくの間、ため息をつきながら仕事のことや、自分のピアノを持てなかったこと、子どものことを話しはじめました。

「長男は十歳です」と彼は言いました。「息子もこの間、学校で出された課題にりっぱなことを書きましてね。先生が出す課題はいつも同じです。そしていつも例の調子で聞くんです。〝大人になったら、何になる？〟って。〝僕は飛行士になります〟息子はそう書きました。〝そしてスプートニクに乗って月へ行きます〟夢がかなったらなあ、と本当に思いますよ。でも二、三年したらあの子を働きに出さなきゃならない。私の給料だけじゃ家族を食べさせてやれないんです。宇宙飛行士になるなんて、無理でしょう？」

　ベンヴェヌートは首を横に振りました。彼はこう言いたかったのです。無理ではないし、やってやれないことなど何ひとつない、自分の夢をかなえたい、その希望は決して捨ててはいけない。しかし警備員は彼のしぐさに気づきもしませんでした。ベンヴェヌートを見ると、なんだか眠っているようです。

「じいさんもかわいそうに」彼はつぶやきました。「よっぽど、くたびれたんだな。さてと、見回りに行くとするか」警備員は足音をしのばせて、その場を立ち去りました。ベンヴェヌートは座ったまま動きませんでした。もう立ち上がる力もありません。

〈このまま腰を下ろして待っていよう〉彼は胸の奥でため息をつきました。〈やれるだけのことはやった。バナニートは無事だし。あの気の毒な警備員も、私に不満を言えて少しは気がすんだだろう……〉

だんだん意識が遠のいて、あいまいになっていきます……はるか向こうの、ずっとずっと遠いところから歌が聞こえてくる気がしました。子守唄みたいです。そしてぷっつりと、とぎれました。

みなさん、その子守唄はベンヴェヌートの空耳ではありませんでした。ジェルソミーノがいつもの癖で、夢を見ながらまた口ずさみはじめたのです。

彼の声は階段をつたって路地へ下りていき、バナニートを起こしました。埋もれていた古着の山からバナニートが鼻をのぞかせました。

「ベンヴェヌート！」彼は名前を呼びました。「ベンヴェヌート、ここはどこだ？何があったんだ？」

しかしベンヴェヌートはもう返事ができませんでした。

画家は手押し車から飛び下りて、二、三度、老人を揺さぶってみましたが、彼の手は氷のように冷たくなっていました。ジェルソミーノのやさしい歌声は階段を流れて路地へ抜け、愛情のこもった子守歌は手押し車を包みこみました。

バナニートは駆け上がってジェルソミーノを起こし、一緒に通りへ下りてきました。

「死んじゃった！」ジェルソミーノは叫びました。「僕らのせいで死んだんだ。最後の力をふりしぼって助けてくれたのに、僕らは何も考えずにのうのうと眠っていたんだ」

さっきの夜間警備員が通りの突きあたりに、ひょっこり現れました。

「家へ運ぼう」ジェルソミーノは小声で言いました。でもバナニートが手を貸すまでもありませんでした。ベンヴェヌートの体はもう赤ん坊のように軽くなっていて、ジェルソミーノがかかえても、ほとんど重みを感じませんでした。

警備員はしばらく手押し車をながめていました。「古着屋の老人はこのあたりに住んでいるんだろう。通りに手押し車が置きっぱなしだから、罰金を取らなきゃいけないんだが。でもまあ、まじめな老人だし、私はほかを巡回してたってことにしよう」

かわいそうなベンヴェヌート。家の中には彼の亡きがらを座らせる椅子もありませんでした。頭の下にふつうのクッションを敷いて、床に横たえておくしかありませんでした。

ベンヴェヌートのお葬式は二日後にとり行われました。みなさんがまだ知らないできごとが、その間にいろいろあったのですが、くわしいことは続きの章でお話ししましょう。葬儀にはおくやみの列が絶えませんでした。弔辞《ちょうじ》を述べる人はいませんでしたが、誰もが古着屋さんに助けられた思い出話をすることができたでしょう。

その葬儀でジェルソミーノは初めて、被害を少しも出さずに歌を歌いました。力強い声は前と変わりませんが、より心地よく響きました。聴いていた人は、自分がだんだんやさしい気持ちになるのを感じました。


さっきも言ったとおり、葬儀の日の前に本当にいろんなことが起きました。

まず、ジェルソミーノとバナニートはゾッピーノがいなくなったのに気がつきました。あわただしいのと悲しいのとで、二人ともうっかりしていたのです。「一緒に手押し車の中にいたんだ」バナニートははっきりと言いました。「もちろん、あの古着の山にまぎれこんで姿は見えなかった。でも途中でくしゃみをしたのまで聞こえたんだから」

「何か困ったことに巻きこまれたのかも」ジェルソミーノは言いました。

「パンノッキアおばさんとロモレッタを助けに病院へ引き返したんじゃないかな」

「みんなが、がんばってるのに」ジェルソミーノは自信をなくしてつぶやきました。

「僕だけが役立たずだ。シャンデリアを壊したり、みんなを怖がらせるしか能がないんだ」

こんなに落ち込んでいるジェルソミーノは誰も見たことがありませんでした。ところがそんなときに、まるで一等星級の輝きを放つ、すばらしい考えが彼に降ってわいたのです。

「そうだ、そうだよ」不意に彼が言い出しました。「僕が役立たずかどうか、見ててくれ」

「どこへ行く?」立ち上がって上着を引っかける彼を見て、バナニートがたずねました。

「今度は僕にまかせて」ジェルソミーノは答えました。「君はここでじっとしてるんだ。警察が捜し回ってるからね。今に僕のことがニュースになるよ。みんな、ぶっ飛ぶぞ!」

第十九章　ジェルソミーノが本気で歌うとみんなが逃げ、えらいことが起きます

バナニートの脱走騒ぎのあと、病院の中はいつもどおりに戻っていました。大部屋でも個室でも廊下でも、みんな眠りについています。起きているのは調理場にいるかわいそうな下働きの男だけです。いつもおなかが空いていて、めったに眠れたためしがなく、夜中にゴミ箱をあさっては、食べられそうな物がないか探していました。バナニートにも、彼をつかまえようとしている連中にも、この男はまったく関心がありません。病院の向かいで、もの好きな青年――といってもかなり小柄で、むしろ少年のようでした――が広場の真ん中に立って歌いはじめても、気にもしていませんでした。

彼はジャガイモの皮をむしゃむしゃ食べながら、やれやれと頭を振って、その様子を見ていました。

「あいつはよっぽどの変人だ。窓の下できれいな娘にセレナーデを歌うならわかるが、病院の前でそれをやるやつは初めて見た。でもまあ、あいつの勝手だ。それにしてもびんびんよく響く声だなあ。今に見張り番が捕まえにくるぞ、絶対だ」

ところが見張り番はゾッピーノの追跡が骨折り損に終わり、疲れきって泥のように眠っていました。

ジェルソミーノは初めのうち、のど慣らしに小声で歌っていましたが、どんどんヴォリュームを上げていきます。下働きの男はジャガイモの皮のことも忘れ、ぽかんと口を開けていました。

「聴いてるうちに、空きっ腹がおとなしくなったみたいだ」

そのときです。下働きの男が身を乗りだしていた小窓のガラスが粉々に飛び散り、あやうく鼻に破片が入りそうになりました。

「誰だ？　石を投げるやつは」

たちまち陰気きわまりない巨大な建物のあちこちで、窓ガラスが一階から最上階まで立て続けに割れはじめました。監視人は患者が反乱を起こしたかと思って、大部屋と個室へ飛んでいきましたが、すぐにカン違いに気づきました。みんな起きてはいましたが、くつろいだ様子で、楽しそうにセレナーデに聴き入っていました。

「いったい、誰が窓ガラスを割ったんだ?」監視人は声を荒らげました。「静かに」部屋じゅうから声が飛んできました。「歌を聴かせてくれ。窓ガラスがどうなろうが、こっちには関係ないよ」

今度は鉄格子も壊れはじめました。鉄の棒がまるでマッチ棒のようにポキポキ折れて窓からはずれ、真っ逆さまに堀の中へ落ち、ボッチャーンと音をたてて沈んでいきました。

病院の院長は報告を聞いて、体がぶるぶる震えてきました。「寒さのせいだな」と秘書たちに言いわけしました。でも内心、こう思っていました。〈地震に間違いない〉

すぐに自分の車を回させ、職員には急いで大臣に知らせに行くと言いながら、病院を見捨てて田舎の別荘へ避難してしまいました。〈大臣だって?〉秘書たちはすっかり腹をたてました。〈院長は逃げだしたんだ。大臣なんて、聞いてあきれるよ……こっちはネズミ捕りにかかったネズミみたいに、つぶれて死ねっていうのか? そんなのごめんだ〉

そして先を争うように車や徒歩で跳ね橋を渡っていきました。その背中もあっという間に見張り番の視界から消えてしまいました。

夜が明けようとしていました。灰色の光が屋根をふちどりはじめます。ジェルソミーノには、まるで〝もっと大きな声で歌え！〟という合図のように見えました。

そのすさまじい声は、みなさんにも聞いてもらいたいほどでした。火山が吐き出すマグマのような勢いで、彼の口から吐き出されたのです。院内にある木の扉はことごとく、ちりとなって舞い上がり、鉄の扉は形をとどめないほど、ぐにゃりと曲がって、閉じこめられていた人たちは大喜びで廊下に飛び出しました。

こうなるともう、見張り番も看護師も監視人もわれ先に出口へ押しよせ、跳ね橋を渡って広場に出ました。みんな、病院の外に大事な用事があったのを思い出しました。

「犬の頭を洗ってやらなきゃ」と言う人もいれば、

「海辺で何日かすごそうって、誘われてたんだ」と言う人もいます。

「水を取りかえてないから、金魚が死んじゃうかもしれない」

正直に、怖いから、と言う人は誰もいませんでした。うそをつくのが当たり前になっていたのです。

結局いつの間にか、病院に残っている職員は下働きの男だけになり、彼はキャベツの芯を持ってぽかんと口を開けていました。空腹は本当にどこかへ行ってしまいました。そしてさわやかな風が吹くように人生で初めて、豊かな思いが体の中を通りすぎた気がしました。

大部屋の中で、監視人が逃げたのにいち早く気づいたのはロモレッタでした。

「ぐずぐずしてないで、あたしたちも逃げようよ」パンノッキアおばさんに言いました。

「規則に反するよ」パンノッキアおばさんは答えました。「そうは言っても、規則のほうがあたしらに反してるんだからねえ。だったら逃げるとしよう」

二人は手に手を取って階段へ向かいましたが、すでに駆け下りる人の波であふれていました。恐ろしくごった返していたにもかかわらず、パンノッキアおばさんには、叫び声に混じった自分のニャンコの鳴き声がすぐにわかりました。一方、ゾッピーノの小さな七匹の教え子は、たくさんの人の頭から、背の高い、険しい顔をした自分たちの守護者をもう見つけていました。そしてたちまち四方八方から、おばさんの首にミャーと飛びつきました。

「さあさあ、お前たち」パンノッキアおばさんは涙ぐんでささやきました。「わが家に帰ろう。一、二、三、四……みんないるかい？　七、八！　一匹多いね」

その一匹はもちろん、あのフィード君です。パンノッキアおばさんの腕の中には彼の居場所もありました。

ジェルソミーノは歌うのをやめました。逃げてくる人みんなにゾッピーノのことをたずねましたが、誰も彼のゆくえを知りません。もうがまんの限界でした。

「中には誰もいないだろうね？」と大声で聞きます。

「もぬけの殻だよ」みんなが答えました。さて、何が起こったでしょう。

海へ飛びこむ潜水夫のように、彼は肺に空気をいっぱい吸いこみました。声を一ヵ所に集中させるため、手のひらを口の両側に当てて、高音を一気に炸裂《さくれつ》させました。もしも火星や金星に耳のある住人がいたら、彼らにも聞こえたはずです。こう説明すれば、わかってもらえるでしょうか。建物はサイクロンに直撃されたみたいに、がたがた揺れていました。屋根瓦も煙突も、翼の生えた天使のように飛んでいきます。そして壁は最上階から波のようにたわんで、ものすごい音を立てて崩れ落ち、あたり一面に水しぶきをあげて堀を埋めてしまいました。

ほんの一分かそこらのできごとでした。下働きの男は収容された人々が脱出したあとも残っていましたが、危険をさとって命からがら小窓の外へ飛び下り、堀をふたたかきで泳ぎきって広場にはい上がったそのとき、背後で残らずみんな崩れ落ちました。広場じゅうで〝バンザイ〟の声が上がりました。ちょうどその瞬間、太陽が顔を出したのです。たとえ誰かがこんなふうに太陽を呼びにいったとしても、これほどタイミングよくはなかったでしょう。

〝急いで、いい場面を見のがしちゃうよ〟

ジェルソミーノはみんなにかつぎ上げられ、新聞記者は近づいて感想を聞くこともできません。いやな目つきで独りぽつんとしているカリメーロ・ラ・カンビアーレにインタビューして間に合わせるしかありませんでした。

「『デイリー・ウソパッチ』に何かコメントはありませんか?」記者たちは彼に質問しました。

「ミャオ」カリメーロは背を向けて答えました。

「すばらしい」記者たちが言いました。「あなたは目撃者の一人ですが、いったいなぜ何も起きなかったのか話してもらえますか?」

「ミャオ」カリメーロはくり返しました。

「大変、けっこうです。病院が崩れ落ち、市中に入院患者が散らばったといううわさを、われわれは全面否定します」

「君らはわかってるのかね」カリメーロはむきになって言いました。「私がネコだってことを、いったい君らはわかってるのか？」

「それを言うなら、犬でしょう。ミャオって鳴いてるんだから」

「ネコだよ、ネコだ。私はネズミを捕まえるネコなんだ。あんた方、記者といってるが、よくよく見れば……。いくら記者なんかに化けたって、その手は食わないぞ。君らはネズミだろ、私の餌食《えじき》になるがいい。ミャオ！　ニャオミャオ！」

そう言うと、カリメーロは飛びかかりました。記者たちはすんでのところで万年筆をポケットにしまい、車に飛び乗りました。あわれなカリメーロは地べたにころげ落ち、すっかり元気をなくして、一日じゅう、そこでミャーミャー鳴いていましたが、通りがかった人がかわいそうに思い、拾って病院へ連れていきました。

その一時間後、『デイリー・ウソパッチ』の号外が出ました。第一面にでかでかと、大文字の見出しがおどっています。

テノール歌手ジェルソミーノ、またも偉業《いぎょう》をはたせず
歌っても、びくともしない病院

新聞社の編集長はご満悦《まんえつ》で、もみ手をしています。「この否定記事は大スクープだ。今日は少なくとも十万部は売れるぞ」

ところが間もなく『デイリー・ウソパッチ』の売り子が新聞の包みをかかえて戻ってきました。一部も売れなかったのです。

「どういうことだ?」編集長はどなりました。「一部も売れない? みんな何を読んでる、カレンダーか?」

「いいえ、編集長」売り子のうちで一番度胸のある者が答えました。「そんなもの、もう誰も読みませんよ。十二月なのに〝八月〟って書いてあるカレンダーをいったい誰が使うんです? たぶん月の名前が変わっただけで、ポカポカするってことですか? とんでもないことが起きてますよ、編集長。みんなわれわれを見て鼻で笑ってます。その新聞紙で船でも折ったらどうだって言われましたよ」

ちょうどそのとき、外でさんざん遊んできた編集長の犬が部屋に入ってきました。

「ミーちゃん、こっちだよ、ミーちゃん」いつもの習慣で飼い主は呼びかけました。

「ワン、ワン!」犬は返事をします。

「どうした? おまえ、ほえてるのか?」

小犬はすぐに喜んでしっぽを振り、ますます大声でほえました。

「この世はおしまいだ」編集長は額の汗をふきながら嘆きました。「この世は本当におしまいだぞ」

それは、うそはおしまいになった、というだけのことでした。精神科の病院は倒壊し、動物学や文法のルールどおりに本当のことを言う人や、ほえる犬、ミャーと鳴くネコ、いななく馬が、何百と外へ散らばっていったのです。真実は伝染病のように広がり、今や人口のほとんどが感染しています。店の主人たちは商品の表示をすでに取りかえはじめていました。

パン屋は〝文房具店〟と書かれた看板をはずしてひっくり返し、そこに炭のかけらで〝パン〟と書きました。たちまち店の前に人だかりができて、拍手が起こりました。

でも一番、大勢集まったのは王宮前の広場でした。歌いながら人々を率いていたのはジェルソミーノです。歌を聞きつけてどの地区の住人も、それどころか近隣の国からも人々が集まってきました。

ジャコモーネは部屋の窓から大行列がやってくるのを見て、手をたたいて喜びました。

「早く、早くしろ」大声で廷臣を呼びました。「急ぐのだ、国民がわしの演説を待っておる。見ろ、わしのために祝おうとあんなに集まっているぞ」

「いったい何を祝うんだ?」廷臣たちはひそひそ言い合っています。

不思議に思うかもしれませんが、彼らはまだ何が起きたのか知らなかったのです。スパイたちは急いで王宮へ報告しにいくかわりに、どこでもいいから自分の身を隠せる場所を大あわてで探しにいったのです。

ジャコモーネの王宮では、いまだにどのネコもほえていました。最後まで取り残された、王国じゅうで最も不幸なネコたちでした。

第二十章　ジェルソミーノの歌でジャコモーネも逃げだします

当然ですが、未来の書というのはありません。これから起きることを書いた本は存在しないのです。そんな本を書くとしたら、少なくとも『デイリー・ウソパッチ』の編集長でないと無理でしょう。

そう、そんな本はないのです。ジャコモーネの時代にもありませんでした。彼にはちょっと気の毒です。もし、その本があって、かつらをかぶったあわれな王様が読めたなら、その日付けのあるページには、こう書かれていたでしょう。

〝本日、ジャコモーネは演説しない〟

それもそのはず、バルコニーに登場しようと、下僕《げぼく》がガラス戸を開けるのを今か今かと待っていたとき、ジェルソミーノの声が威力を発揮したからです。ガラス戸は滝のような轟音《ごうおん》をたてて、崩れ去りました。

「もうちょっと静かにしろ」ジャコモーネは下僕をしかりとばしました。

彼の部屋でガシャンと答える音がしました。

「これはわしの鏡ではないか！」ジャコモーネは叫びました。「誰が割ったのだ?」

王様は誰も返事をしないのに驚いて、あたりを見回しました。なんと気の毒なことでしょう！　彼の後ろには空っぽの空間があるだけでした。大臣も海軍大将も侍従も廷臣も、最初のひと声、つまりジェルソミーノの高音が響いたとたん、大急ぎで自分の部屋へ着がえにいきました。長年着ていた豪華な衣装を惜しげもなく床にかなぐり捨て、ベッドの下から海賊服をしまっていた古い旅行カバンを引っぱりだして、何やらぶつぶつ言っています。

「黒い眼帯をしなければ、市の道路清掃員に見えるかもしれないぞ」

こうも言っています。

「上着の袖口に鉤爪《かぎづめ》を付けなければ、もと海賊とは誰も気づくまい」

ジャコモーネのお供に残っていたのは、バルコニーのガラス戸を開け閉めする役目の下僕二人だけでした。ガラスが割れてなくなっても、二人は取っ手をうやうやしく握り、ときどき、袖口のレースで磨いていました。

「お前たちも下がってよいぞ」ジャコモーネはため息まじりに言いました。「もはや、わしを取り巻くものはことごとく崩れ去るのだ」

その証拠に、シャンデリアに付いている千個の電球が破裂している真っ最中でした。ジェルソミーノはその日、本気を出していたのです。

下僕は一も二もなく言われたとおりにしました。三歩おきにおじぎをしながら、あとずさりし、ドアのところでくるりと背中を向け、一刻も早く下りたくて、手すりの上をすべり台のようにすべっていきました。

ジャコモーネは自分の部屋へ戻り、王様の衣装を脱いでふつうの市民の服に着がえました。それは雑踏でひそかに情報収集するために買っておいたのですが、一度も袖を通したことはありませんでした。そんなことはスパイにさせるほうが性に合っていたのです。それは茶色のスーツで、銀行の出納係《すいとう》か哲学の教授に似合いそうでした。オレンジ色のかつらに、なんとよくマッチすることでしょう！　残念ですが、かつらも取らないといけません。かつらは王冠よりずっと王様のトレードマークになっていましたから。

「わしの自慢のかつら」ジャコモーネはため息をつきました。「いや、わしの自慢のかつらたちだ」

彼は例のクローゼットを開け、ずらりと並んだかつらをながめました。いつでもかぶれるようになっていて、まるで出番を待つあやつり人形の頭のようです。ジャコモーネは、かつらの誘惑にだけは勝てませんでした。一ダースつかんで旅行カバンに詰めこみます。

「これを持って亡命しよう。ここですごした幸せな日々を思い出せるように」

彼は階段を下りました。廷臣たちは地下まで下りていき、そこからどぶネズミのように下水道へもぐったのですが、ジャコモーネは自分の美しい庭園へ出るほうを選びました。自分の、といっても、もう彼のものではありませんが、きれいで緑がいっぱいで、いいにおいがしました。

ジャコモーネは王宮の空気をもう一度、吸いこみました。それから路地へ出る小さな扉を開け、誰も見ていないのを確かめて百歩ほど歩き、ジェルソミーノに声援を送る人々であふれ返る広場へ出ました。

つるつる頭で茶色いスーツ姿なら、誰も王様だとわからないでしょう。おまけに旅行カバンを持っていれば、旅回りのセールスマンのように見えます。

「外国のかたでしょう?」さっそくある男が、陽気に彼の肩をたたいてたずねました。「さあ、こっちへ来て、あなたもテノール歌手ジェルソミーノのコンサートを楽しむといい。あそこにいる彼ですよ、わかりますか？　小柄な若者で、自転車競技の選手みたいだ。はっきり言って、お金を払ってまで聴くほどの歌手にはとても見えない。すばらしい声だ。聞こえますか？」

「ええ、聞こえます」ジャコモーネはつぶやくように言って、心の中でこう続けました。〈そして見えるぞ……〉

彼は愛着のあるバルコニーが粉々に崩れ落ちるのを目撃しました。みなさんの想像どおりのものです。トランプを積み上げて作った城が重みに耐えられなくなるように、王宮は砂ぼこりをもうもうと巻きあげ、折り重なって、その場に崩れました。ジェルソミーノはもう一度、高音を響かせて砂ぼこりを吹き飛ばし、がれきの山だけが残りました。

「ところで」となりの男がまたジャコモーネに話しかけてきます。「あなたのハゲ頭はみごとなものですな。そう言っても気を悪くなさらんでしょう？　私のをごらんなさい」

ジャコモーネは頭に手をやり、言われるとおりに相手の頭を見ました。一本の毛もなく、ピンポン球よりもまんまる、すべすべです。

「これはこれは、大したハゲ頭だ」ジャコモーネは言いました。

「何をおっしゃいます、ありふれた頭ですよ。あなたのは目がさめるようだ。太陽に照らされて、なんとまあ、まばゆいこと。まともに見たら目がつぶれてしまいそうな」

「そんな、まさか、ほめすぎと言うものです」ジャコモーネは口ごもりました。

「とんでもない、本当ですよ。じつはですね、もしあなたが、われわれのハゲ頭クラブに入会なんてことになれば、即、会長に選ばれると思うんです」

「会長に？」

「満場一致でね」

「ハゲ頭クラブなんてあるんですか？」

「もちろんです。昨日までは秘密クラブでしたが、これからは大っぴらにできます。メンバーには名士が名を連ねているんですよ。そう簡単に入会が認められるわけじゃないんです。頭に毛が一本もないのを証明する必要があります。入会したさに髪の毛を抜く人もいるくらいですよ」

「あなたはつまり、私なら……」

「会長になれるでしょうな。断言してもいい」

ジャコモーネは気持ちが、ざわついてくるのがわかりました。〈とういうことは、わしは何もかも間違ってたってことか！〉と彼は思いました。〈出世の道を間違えたんだ。やり直すには、もう遅すぎるな……〉

彼は人混みのうねりにまぎれこんで話し相手から遠ざかり、広場を抜けて、人けのない通りへ出ました。十二個のかつらが、旅行カバンの中でカサカサとむなしい音を立てていました。そこかしこのマンホールから、見覚えのある顔がのぞいています。子分の海賊じゃないでしょうか？　しかし彼みたいなハゲ頭に茶色いスーツ姿で威厳に満ちた市民を見たとたん、頭を引っこめてしまいました。

ジャコモーネは川へ向かいました。これまでの人生にけりをつけるつもりでした。ところが川岸に立つと気が変わりました。旅行カバンを開け、かつらを取り出すと、一つずつ川に投げ捨てました。

「さらばだ」とジャコモーネはつぶやきました。「さらば、ささやかなうそたち」

かつらは流されてしまったわけではありませんでした。その日のうちに、ワニより元気に川岸を走り回るわんぱくどもに拾われたのです。彼らはかつらを天日で乾かし、それをかぶってにぎやかに行進しました。

みんな陽気に歌っていましたが、それはジャコモーネの王国を弔《とむら》う葬列にほかなりませんでした。

ジャコモーネは永久に王国から姿を消し、運よく無事に逃げのびました。おそらくどこかで大変格式のあるハゲ頭クラブの会長か、少なくとも秘書ぐらいにはなるかもしれませんが、それまでの間、広場の様子を見に戻りましょう。

ジェルソミーノは歌で何もかも破壊しつくすと、汗をふいてつぶやきました。

「さてと、こっちも片づいた」

しかし、彼の心にはずっとトゲが刺さったままでした。ゾッピーノの姿が見えないのです。

〈いったい、どこへ行っちゃったんだろう?〉われらがヒーローはふしぎに思っていました。〈病院の残骸に埋もれてないといいんだけど。僕は何でも派手にぶっ壊すからなあ〉

ところが群衆はそれ以上、彼に心配するひまを与えませんでした。

「円柱だ」あちこちから叫び声が聞こえました。「円柱を倒すんだ」

「どうして?」

「ジャコモーネの偉業が彫ってあるからだよ。それだって全部うそっぱちだ。ジャコモーネは一歩も宮殿の外へ出なかったんだから」

「わかった」ジェルソミーノは言いました。「円柱にもちゃんとセレナーデを歌ってやろう。みんな、柱の下敷きにならないように周りから離れて」

円柱の近くにいた人々は大急ぎで後ろに下がり、バスタブに張ったお湯のように、広場に人垣のさざ波が立ちました。そしてついにジェルソミーノは地面から二メートルほどの高さの円柱に、三本足のおなじみの落書きを見つけたのです……。

「ゾッピーノ！」その名を呼ぶと、心に刺さったトゲはポロリと取れました。

落書きはぶるぶる震え、輪郭が一瞬、揺らいだかと思うと、また動かなくなりました。

「ゾッピーノ！」ジェルソミーノはもっと大きな声で呼びました。

今度は、彼の声が硬い大理石を突きやぶりました。ゾッピーノは円柱からはがれ落ち、ピョコンと地面に飛び下りました。

「やれやれ、助かったニャー」そう言って、彼はジェルソミーノのほっぺたにキスをしました。「君がいなかったら、あの円柱にずっと張りついたまま、大雨に洗い流されてたよ。僕はきれい好きで有名だけど、自分が洗い流されて死ぬのだけは、絶対ごめんだ」

「いつだって私がついてるよ」バナニートの声が響きます。人混みをかき分け、押し分け、バナニートとわれらの仲間のところまで、ようやくたどり着きました。「万一、君がまた同じような目にあったら、今と同じ姿を、もっとカッコよく、もっと本物らしく描いてあげよう」

再会をはたした二人と一匹の仲間には積もる話があります。水入らずで、そっとしておきましょう。

円柱はどうなったかですって？

たかが円柱一本、どんなじゃまになるでしょう。そこに記《しる》されたうそ八百は、かつて大うそつきが国を支配し、歌いっぷりもあっぱれな一曲のカンツォーネがその国を滅ぼしたことを人々に思い出させてくれることでしょう。

第二十一章　ジェルソミーノは公平に両者〝引き分け〟にします

第二十章をまとめるのに忙しくて、ポケットにしまったまま忘れていたニュースをみなさんにつたえておきましょう。わずかですが、それを聞いてもらえば、お話はめでたくおしまいです。その日、ジェルソミーノがうそつき王国での冒険談を聞き書きしたメモは、これが最後です。そこにはジャコモーネの消息については誰も知らない、と書いてあります。ですから彼がまっとうな人間になったのか、しょせんは海賊、再びよからぬ道に舞い戻ったのか、みなさんにお教えできないのです。

ジェルソミーノについては、こうです。だいたいにおいて、彼は自分のしたことにかなり満足していたものの、あの広場を通るたびに、靴の中に小さな石ころが入りこんだような心地の悪さをちょっぴり感じていました。

〈王宮を木っ端《こっぱ》みじんのがれきの山にする必要がはたしてあったんだろうか？〉と彼は後悔しました。〈手かげんして窓ガラスを割るだけでも、ジャコモーネは逃げだしたんじゃないかな。あとでガラス屋さんに来てもらえば、全部もとどおりにできたんだし〉

この石ころを靴の中から取りだすのに、ひと役買ったのがバナニートでした。いつもどおり、ほんの数枚の紙と絵の具一箱で王宮を建て直したのです。半日かかってあのバルコニーまで、ちゃんとよみがえらせました。その上、バルコニーがもとの位置に取りつけられると、バナニートにそこで演説してほしい、と人々から声があがりました。

「みなさん、聞いてください」とバナニートは答えました。「どんな人もあのバルコニーから演説できないように法律を作ってください。私はただの絵描きです。話を聞きたいなら、ジェルソミーノに頼んでください」

そのときゾッピーノがバルコニーに現れ、ミャゴリました。「ニャオミャオ！」

人々は拍手喝采し、それ以上、演説を要求しませんでした。

もう一枚のメモによれば、パンノッキアおばさんは捨てネコ保護施設の責任者になりました。これ以上ふさわしい人はいません。彼女がいればネコも安心して暮らせ、誰からもほえろと強制されることはないでしょう。ロモレッタはまた学校へ行きはじめました。もしかしたら今ごろは、もう机ではなく教壇の前に座っているかもしれません。先生になる時間はじゅうぶんあったでしょうから。

おしまいは一番小さなメモで、これだけ書いてあります。〝戦争は一対一の引き分けに終わる〟

ありえないですよね、私は戦争のことを忘れていたんです！

それはジャコモーネが姿を消して、ほんの数日後に起きました。彼はバナニートが鉛筆で大砲を造ってくれるだろうと当てにして、国民に内緒でとなりの国に宣戦布告していたのです。相手は本気で戦闘態勢に入りました。祖国防衛のため、すでに軍隊がこちらへ向かっていました。

「こっちはもう、そんな戦争をやるつもりはないぞ」新しい大臣たちは言いました。

「われわれはジャコモーネとは違うんだ！」

記者がジェルソミーノにインタビューしにいきました。彼はいつか本当の演奏会を開くために、音楽の勉強をしているところでした。

「戦争だって？」ジェルソミーノは言いました。「敵に停戦を呼びかけて、代わりにサッカーの試合で決着をつける提案をしたらどうかな。すねにケガする人は出るだろうけど、それでも流れる血はほんの少しですむよ」

幸い、敵のほうもこの考えが気に入りました。だいたい戦争なんて、これっぽっちもしたくなかったのです。サッカーの試合は次の日曜日に行われました。ジェルソミーノはもちろん、かつての地元チームを応援しました。そしてつい気持ちが入りすぎて、とうとう〝がんばれ！〟と叫んだので、敵のゴールにシュートが決まってしまったのです。よーく思い出してください、彼はむかし、故郷にいたときと同じヘマをやらかしてしまいました。

〈そんなのダメだ、ズルして戦争に勝つなんて〉すぐにジェルソミーノは思いました。〈僕らはサッカー場にいるんだ。うそ偽りはルール違反だ〉

そしてすぐに味方のゴールにもシュートを決めました。みなさんが彼だったら、やっぱり同じことをしたでしょうね。

おしまい

訳者あとがき、あるいはトリビア

山田香苗

このお話は、講談社から刊行されているイタリアの作家ジャンニ・ロダーリ作品の文庫版四作目にあたり、シリーズで初めての長編です。子どもも大人もクスリとさせるユーモアや、誰もが当たり前と思い込んでいることに疑問を投げかける奇想天外な発想は、今までの短編や詩と同様、このありえない王国の物語でもいたるところにあふれています。そのシュールな意外性に仕掛けられた人間社会への批判やメッセージには、現代でもハッとするような喚起力があります。大人になればなるほど、そして天災・人災が次から次へと世界を襲い、瞬時に飛びかう情報や映像によって、遠く離れた人の痛みがもはや自分と無縁でなくなった今、彼のメッセージはより切実に響いてくる気がしてなりません。

ジャンニ・ロダーリ（一九二〇〜八〇）はジャーナリスト、作家として児童文学の分野で活躍し、教育の現場にもたずさわり、当時の学校教育のあり方に大きな影響を与えました。第二次世界大戦末期、イタリア共産党に入党し、戦後は党機関紙で子ども向けのコラムを執筆します。一九五〇年には系列の少年少女雑誌の運営を任され、冷戦時代を反映した読み物や冒険マンガとともにロダーリの楽しい詩が誌面を飾っています。それと同時に彼の書いた作品も単行本として世に出はじめ、一九五八年に本書『うそつき王国とジェルソミーノ』が刊行されました。日本では児童文学の作家でありイタリア児童文学の研究者、安藤美紀夫氏の翻訳によって、一九八五年に『うそつき国のジェルソミーノ』の題名で紹介されています。

その後のロダーリの詳しい活動や経歴、作品がイタリアでいかに多くの人に愛され、国際的にも高い評価を受けてきたか、そして彼が活躍したほぼ同時期に何作かが邦訳され、ある女性にとって少女時代の忘れがたい記憶となったすてきなエピソードについては、ぜひ以前の三作品のあとがきをお読みいただきたいと思います。

『うそつき王国とジェルソミーノ』は、ある特異な才能を持てあましたジェルソミーノ青年がうそで固められた王国にたどり着き、住人との出会いによって成長のきっかけをつかむ物語ですが、それに輪をかけてユニークなわき役、かたき役が大活躍します。ロダーリが彼らのドラマに重要なメッセージを込めているのは、読めばすぐに感じていただけることでしょう。登場人物の迷走や葛藤は人生でたびたびくり返すものです。本当に大切なことって何だろう？　幸せって何だろう？　どうしたら人は幸せになれるんだろう？　そんな疑問に教訓のにおいを微塵《みじん》も感じさせず、詩情とユーモアでみごとに答えてくれるロダーリは知性と人間的な魅力にあふれた人だったに違いありません。

登場人物の名前の由来について、ちょっと触れておきましょう。主人公の名前、ジェルソミーノ（Gelsomino）は、可憐でかぐわしいジャスミンの花のことです。彼のよき相棒、ネコのゾッピーノ（Zoppino）は片方の足が不自由な、という形容詞zoppoに〝小さな、かわいい〟を表す接尾辞-inoがついています。ベンヴェヌート（Benvenuto）は、〝歓迎された人〟。welcomeと同様、ようこそ、よく来たね、の意味であいさつにも使われます。そのほかドミソル（Domisol）はオーケストラの指揮者らしい名ですし、バナニート（Bananito）はバナナを連想させ、パンノッキアおばさん（zia Pannocchia）は直訳すれば、トウモロコシおばさん、でしょうか。

せっかくですからお話に出てくる故事や習慣にまつわるあれこれも、注釈がわりにいくつかご紹介しましょう。

第二章の章題「声で梨が熟すのを、ご近所さんには秘密にすべし」はイタリアの古い言い伝え、〝チーズと梨は相性抜群なのを、農民には秘密にすべし〟を下敷きにしています。つまり、労働者の栄養源であるチーズと高貴な舌にふさわしい梨は大変美味な組み合わせで、領主だけの楽しみにしておこう、というわけです。余談ですが十二世紀のフランスでは、〝梨とチーズに勝るマリアージュを神はお創りにならなかった〟とまで言われていました。イタリアで文献に登場するのは十四世紀で、ペトラルカが書いたとされる詩の一節に〝さらば、夕餉《ゆうげ》だ　梨とチーズとクレタ島のワインが供される〟とあります。

第八章、ゾッピーノはローマにある七つの丘の一つ、カピトリヌスの丘を救ったガチョウに自分をたとえます。現在、ローマ市庁舎のあるカンピドッリョまたはカピトリーノと呼ばれるこの丘は、古代ローマ時代に最高神ユピテルと妻ユーノーの神殿がありました。紀元前三九〇年、ガリア人との戦いで包囲されたローマ人はこの丘に立てこもります。伝説によると、夜の闇にまぎれて奇襲をかけてきたガリア人にいち早く気づいたのが、ユーノーの神殿で飼われていたガチョウでした。けたたましい鳴き声で異変に気づいた人々は敵を撃退します。兵糧攻《ひょうろうぜ》めにあっても女神ユーノーにゆかりの深いガチョウには手をつけずにいたおかげでした。ガチョウは縄張り意識が強く、侵入者を見ると鋭い警告を発するので、昔から番犬がわりに飼われていたようです。ですが女神といったいどんな関わりがあるのでしょう？　ユーノーは夫の奔放すぎる浮気に業を煮やしてばかりでしたが、結婚と貞節の守護神でした。ガチョウのつがいは一生添い遂げるといわれることから、女神のシンボルになったのです。ローマ市内のクワットロ・フォンターネ（四つの噴水）と呼ばれる交差点にはユーノーの噴水があり、足もとでガチョウが翼を広げています。

第十二章では、料理人とミドリトカゲのシュールな詩を読んでジェルソミーノがこんなコメントをします。「アペニン山脈からアンデス山脈まで、みんながミドリトカゲのせせら笑いを聞いたはずさ」アペニン山脈はイタリアを南北に走る背骨のような山脈ですが、ここからアンデス山脈までは一万キロ以上あります。じつはこの〝アペニン山脈からアンデス山脈まで〟は、イタリアの作家エドモンド・デ・アミーチス（一八四六～一九〇八）原作の『クオーレ』に出てくる挿話『母をたずねて三千里』

の原題なのです。マルコ少年がジェノヴァからアルゼンチンまで、出稼ぎ先で音信不通になった母親を捜しにいく道のりが、そのまま題名になっています。出稼ぎ先で音信不第十四章の「ブリスコラ」はイタリアで大変盛んなトランプゲームの一つで、ナポリ式トランプという四十枚の絵札で得点を競います。剣、盃、金貨、棍棒《こんぼう》の四種類のマークに分かれ、点数の高い順にマークの数が一つ（エース）、三つ、王、騎士、歩兵で、それ以外は〇点です。三枚の持ち札を一枚ずつ出し、一枚目と同じマークで強いカードを出した人が勝ちで、その場のカードを総取りし、中央の山札から一枚を手札に加えることができます。カードがなくなるまでくり返し、最も得点の多い人の勝ちになります。

最後に、第五章から第七章にかけて何度か登場する言い回しについて。ゾッピーノの右の前足はときどき不思議なムズムズに襲われ、ある衝動を抑えられなくなります。〝手がムズムズする〟というのはイタリア人にはなじみのある表現で、ふつうは、ひっぱたきたくなる、殴りたくなる、という意味です。子どものいたずらがすぎると、お母さんは「いいかげんにしなさい！　ママは手がムズムズしてきたわ」と叱ったりするそうです。これとよく似た〝舌がムズムズする〟は、しゃべりたくてしかたない、言い返してやりたい。さて、ゾッピーノの右の前足は何がしたくなったのでしょうか？

この物語は権力から押しつけられた虚構の世界が、ありのままの姿を取り戻すまでを描いています。といっても事の発端は大いなるカン違い。この物語にはコンプレックスをこじらせたハタ迷惑な王様は登場しますが、本当の悪人はいません。正反対の価値観がぶつかり合って新しい未来が開けていく、文字どおり破壊力満点の展開に誰もが心おどらせることでしょう。そこにはいつも、軋轢《あつれき》のはざまに生まれる感情をていねいにすくいあげ、決して敗者を突き放さないロダーリのやさしい視線があります。

この物語が書かれてから六十年以上の年月が経って人々の意識は大きく変わり、現代では違和感をおぼえる表現があるかもしれません。しかしロダーリは世の中の偏見をあるがままに提示することで、それがいかに皮相的かを教えてくれますし、自分と異なる者をうわべだけで差別し排除してしまう人間の心理と、そうした差別と排除がいとも簡単に連鎖していくメカニズムも見せてくれます。偏見も差別も世の中には当たり前のように存在しているんだよ、だから常識にまどわされずに真実を見きわめる力をつけて。ロダーリはそんなことも伝えたかったのではないでしょうか。

出版にあたり、講談社の永露竜二さん、ロダーリの世界を愛し、その魅力を日本に紹介しつづけている内田洋子さんと飯田陽子さんのご尽力に深く敬意を表し、翻訳の機会を与えてくださったことに心から感謝申し上げます。ロダーリ作品のよき理解者である担当編集の飯田さんには何度となく的確な助言をいただきました。目から鱗のような一言には感謝のしようもありません。

二〇二二年九月

本書はイタリアで2008年にEdizioni EL社から刊行された『Gelsomino nel paese dei bugiardi』を翻訳・出版した作品です。執筆当時（1958年初版刊行）の時代背景に鑑み、できるだけ原文を尊重しました。

また、イタリア外務・国際協力省から2022年度の翻訳出版助成金対象作品に認定されました。
Questo libro è stato tradotto grazie ad un contributo del Ministero degli Affari Esteri e della Cooperazione Internazionale italiano.

|著者| ジャンニ・ロダーリ　1920年生まれ、1980年没。イタリアの作家、詩人、教育者。1970年、国際アンデルセン賞を受賞。20世紀イタリアで最も重要な児童文学者、国民的作家とされている。『チポリーノの冒険』『青矢号《あおやごう》 おもちゃの夜行列車』『空にうかんだ大きなケーキ』『羊飼いの指輪　ファンタジーの練習帳』『猫とともに去りぬ』『ランベルト男爵は二度生きる　サン・ジュリオ島の奇想天外な物語』。『パパの電話を待ちながら』『緑の髪のパオリーノ』『クジオのさかな会計士』(いずれも講談社) などがある。

|訳者| 山田香苗　1963年三重県生まれ。津田塾大学英文科卒業。英米の映像翻訳を経て、イタリア映画、TVドラマの字幕翻訳にたずさわる。映画には『いつだってやめられる　10人の怒れる教授たち』、『いつだってやめられる　闘う名誉教授たち』など、TVドラマシリーズには『モンタルバーノ　シチリアの人情刑事』(共訳) などがある。

うそつき王国《おうこく》とジェルソミーノ

ジャンニ・ロダーリ | 山田香苗《やまだかなえ》 訳

講談社文庫

定価はカバーに
表示してあります

2022年11月15日第1刷発行

KODANSHA

発行者──鈴木章一
発行所──株式会社　講談社
東京都文京区音羽2-12-21　〒112-8001
電話　出版 (03) 5395-3510
　　　販売 (03) 5395-5817
　　　業務 (03) 5395-3615

Printed in Japan

デザイン─菊地信義
本文データ制作─講談社デジタル製作
印刷───株式会社KPSプロダクツ
製本───株式会社国宝社

ISBN978-4-06-528305-9

講談社文庫刊行の辞

二十一世紀の到来を目睫に望みながら、われわれはいま、人類史上かつて例を見ない巨大な転換期をむかえようとしている。

世界も、日本も、激動の予兆に対する期待とおののきを内に蔵して、未知の時代に歩み入ろうとしている。このときにあたり、創業の人野間清治の「ナショナル・エデュケイター」への志を現代に甦らせようと意図して、われわれはここに古今の文芸作品はいうまでもなく、ひろく人文・社会・自然の諸科学から東西の名著を網羅する、新しい綜合文庫の発刊を決意した。

激動の転換期はまた断絶の時代である。われわれは戦後二十五年間の出版文化のありかたへの深い反省をこめて、この断絶の時代にあえて人間的な持続を求めようとする。いたずらに浮薄な商業主義のあだ花を追い求めることなく、長期にわたって良書に生命をあたえようとつとめるところにしか、今後の出版文化の真の繁栄はあり得ないと信じるからである。

同時にわれわれはこの綜合文庫の刊行を通じて、人文・社会・自然の諸科学が、結局人間の学にほかならないことを立証しようと願っている。かつて知識とは、「汝自身を知る」ことにつきていた。現代社会の瑣末な情報の氾濫のなかから、力強い知識の源泉を掘り起し、技術文明のただなかに、生きた人間の姿を復活させること。それこそわれわれの切なる希求である。

われわれは権威に盲従せず、俗流に媚びることなく、渾然一体となって日本の「草の根」をかたちづくる若く新しい世代の人々に、心をこめてこの新しい綜合文庫をおくり届けたい。それは知識の泉であるとともに感受性のふるさとであり、もっとも有機的に組織され、社会に開かれた万人のための大学をめざしている。大方の支援と協力を衷心より切望してやまない。

一九七一年七月

野間省一

講談社文芸文庫

蓮實重彥
フーコー・ドゥルーズ・デリダ
解説＝郷原佳以
『言葉と物』『差異と反復』『グラマトロジーについて』をめぐる批評の実践＝「三つの物語」。ニューアカ台頭前の一九七〇年代、衝撃とともに刊行された古典的名著。
はM6
978-4-06-529925-8

古井由吉
楽天記
解説＝町田 康　年譜＝著者、編集部
夢と現実、生と死の間に浮遊する静謐で穏やかなうたかたの日々。「天ヲ楽シミテ、命ヲ知ル、故ニ憂ヘズ」虚無の果て、ただ暮らしていくなか到達した楽天の境地。
ふA15
978-4-06-529756-8

海外作品

小説

ウェンディ・ウォーカー 池田真紀子訳　まだすべてを忘れたわけではない
D・クロンビー 西田佳子訳　警視の週末
D・クロンビー 西田佳子訳　警視の挑戦
D・クロンビー 西田佳子訳　警視の哀歌
D・クロンビー 西田佳子訳　警視の謀略
ウィリアム・K・クルーガー 野口百合子訳　闇の記憶
P・コーンウェル 池田真紀子訳　死層(上)(下)
P・コーンウェル 池田真紀子訳　邪悪(上)(下)
P・コーンウェル 池田真紀子訳　烙印(上)(下)
マイクル・コナリー 古沢嘉通訳　燃える部屋(上)(下)〈シリーズ25周年記念エッセイ収録〉
マイクル・コナリー 古沢嘉通訳　贖罪の街(上)(下)
マイクル・コナリー 古沢嘉通訳　訣別(上)(下)
マイクル・コナリー 古沢嘉通訳　レイトショー(上)(下)
マイクル・コナリー 古沢嘉通訳　汚名(上)(下)
マイクル・コナリー 古沢嘉通訳　素晴らしき世界(上)(下)
マイクル・コナリー 古沢嘉通訳　鬼火(上)(下)
マイクル・コナリー 古沢嘉通訳　警告(上)(下)
マイクル・コナリー 古沢嘉通訳　潔白の法則(上)(下)〈リンカーン弁護士〉
ジェーン・シェミルト 北沢あかね訳　ナオミ
L・チャイルド 小林宏明訳　パーソナル(上)(下)
リー・チャイルド 青木創訳　ミッドナイト・ライン(上)(下)
リー・チャイルド 青木創訳　葬られた勲章(上)(下)
リー・チャイルド 青木創訳　宿敵(上)(下)
リー・チャイルド 青木創訳　奪還(上)(下)
ハックスリー 松村達雄訳　すばらしい新世界
アリス・フィーニー 西田佳子訳　ときどき私は嘘をつく
ルシア・ベルリン 岸本佐知子訳　掃除婦のための手引き書〈――ルシア・ベルリン作品集〉
C・J・ボックス 野口百合子訳　狼の領域
C・J・ボックス 野口百合子訳　冷酷な丘
C・J・ボックス 野口百合子訳　鷹の王
ジョージ・ルーカス著 上杉隼人訳 杉山まどか訳　スター・ウォーズ〈エピソードIV 新たなる希望〉
ジョージ・ルーカス原作 ドナルド・F・グルート著 上杉隼人訳　スター・ウォーズ〈エピソードV 帝国の逆襲〉
ジョージ・ルーカス原作 ジェームズ・カーン著 上杉隼人訳　スター・ウォーズ〈エピソードVI ジェダイの帰還〉
J・J・エイブラムス他原作 アラン・D・フォスター著 稲村広香訳　スター・ウォーズ〈フォースの覚醒〉
ジョージ・ルーカス原作 テリー・ブルックス著 上杉隼人／大島資生訳　スター・ウォーズ〈エピソードI ファントム・メナス〉
ジョージ・ルーカス原作 R・A・サルヴァトーレ著 上杉隼人／上原尚子訳　スター・ウォーズ〈エピソードII クローンの攻撃〉
ジョージ・ルーカス原作 マシュー・ストーヴァー著 上杉隼人／有馬さとこ訳　スター・ウォーズ〈エピソードIII シスの復讐〉
ジョン・ノール他原作 アレクサンダー・フリード著 稲村広香訳　ローグ・ワン〈スター・ウォーズ・ストーリー〉
ライアン・ジョンソン原作 ジェイソン・フライ著 稲村広香訳　スター・ウォーズ〈最後のジェダイ〉
ローレンス・カスダン ジョナサン・カスダン原作 ムア・ラファティ著 稲村広香訳　ハン・ソロ〈スター・ウォーズ・ストーリー〉
J・J・エイブラムス他原作 レイ・カーソン著 稲村広香訳　スター・ウォーズ〈スカイウォーカーの夜明け〉
ティモシイ・ザーン 富永和子訳　スター・ウォーズ 帝国の後継者(上)(下)
ティモシイ・ザーン 富永和子訳　スター・ウォーズ 暗黒の艦隊(上)(下)
ティモシイ・ザーン 富永和子訳　スター・ウォーズ 最後の指令(上)(下)
ジャンニ・ロダーリ 内田洋子訳　パパの電話を待ちながら

講談社文庫　目録

2022年 9月15日現在